草食むイキモノ 肉喰うケモノ

Kei Imajou

今城けい

JN282502

CHARADE BUNKO

Illustration

梨とりこ

CONTENTS

一年中日の当たらない倉庫のなかにはいくつもの棚が並び、かけ渡されたスチール板にはそれぞれ小ぶりの紙箱やダンボールが乗せられていた。

さほど広くもない場所をめいっぱい使おうとして、距離を空けずに置かれた棚は、まるで迷路をつくるように細い通路が幾筋にも分かれている。

牧野幸弥《まきのさちや》はその倉庫のなかほどにいて、目当ての小箱を棚の上から取り出したところだった。

（うん。Ｍ４の皿ネジだから、これでいい）

箱の横に貼《は》ってあるラベルでネジの規格を確かめ、にっこりと笑みを浮かべる。重みを感じる紙箱の底面に手を当てて、慎重に運ぶ仕草はこの五年間で身についたものだった。

この工場に入り立てで慣れないころは、無造作に箱を持ちあげ、その重みで底が抜けて、ネジを床中にばらまいたこともあった。また、上段にあるダンボール箱を背伸びして下ろそうとして、傾いてひらいた蓋《ふた》から出てきたナットを頭の上から全身に浴びた記憶も残っている。

数々の失敗をくり返し、それでもどうにかこれまでやってこられたのは、この工場のひとたちが牧野に温かく接してくれているからだ。

中学を卒業し、十五歳で粟津《あわづ》工業株式会社さいたま工場に入った牧野は、社会経験などまるでないまだほんの子供だった。なにごとにも不慣れであり、自覚もあるが、学生でいたころもさほど頭がよくはなかった。呑みこみがいいとはとても言えないけれど、周りのひとたちの助けもあって牧野はちょっとずつ仕事をおぼえて今日まで来られた。

「ああ、さっちゃん。午前の分の荷物が届いたら、仕分けをお願いできるかな」

牧野がネジの小箱を持って、入り口近くのカウンターまで戻っていくと、白髪まじりの男が声をかけてきた。

「わかりました。注文していた工具ですね？」

「うん、そうだ。きみにばっかり頼んでしまってすまないけれど」

「いいんですよ。田辺《たなべ》さんは無理しないでくださいね」

ここは工具備品室で、部材と工具の在庫置き場になっている。この場所ではたらく者は牧野のほかには田辺ひとりがいるだけだ。

田辺は定年後再雇用のいわゆるシルバーさんであり、ここのところ腰を傷めているために、力仕事はすべて牧野が受け持っていた。

持っていた小箱をカウンターに置き、出庫帳に日付と数量とを書いたとき、牧野の耳に待っていたあの音が聞こえてきた。

（あ。関目《せきめ》さんだ）

とたんに、牧野の心臓が跳ね躍る。ここは工場構内の片隅にあり、作業現場からはかなり離れた位置になる。それでも関目将之《まさゆき》が姿を見せる以前からその足音を聞きつけて、どきどきしながら待ち受ける。

「おはよっさん。どうだ、元気にやってっか？」

「はい、元気です。関目さんはどうですか？」

「今日から日勤で眠てえよ」

そう言うものの、作業服の関目からは眠気など感じられない。彼の周りは、まるで電気が取り巻いているみたいに力のあるもので覆われている。それも、ピリピリした嫌な気配ではなくて、牧野にはうまく表わせないのだけれど、彼のなかの強いなにかが満ち溢《あふ》れているような感じだった。

「まっ、そんでも作業にかかったら、一発で目が覚めっけど」

関目が自分の間近にいると、牧野はたいていかるく緊張してしまう。怖いというのではないけれど、田辺といるときとはぜんぜん違う、どこかがぴんと張られる感覚。

(関目さんは気楽にしてろ、タメ口でいいって言ってくれるけど)

なかなかそんなふうにはできない。

でも、それもしかたのないことだろう。牧野とはまったくことなる雰囲気を持つ相手。関目の眉《まゆ》は牧野みたいに細くなく、きりりとして男らしい。眸《ひとみ》も奥二重で幾分吊《つ》り気味。なにかのはずみにじっとこちらを見据えてくると、内心ちょっとたじろぐくらいの迫力がある。

牧野のは大きすぎると自分で思うし、くりっとした茶色い眸が小動物みたいとは言われるけれど、だからどうなのかはあまりよくわからない。

(関目さんは、かっこいいなあ)

彼を目にした瞬間に、牧野はよくそう思う。高い鼻筋も、引き締まった顎《あご》の感じも、くっきりした線を描く唇も、牧野にはないものだ。自分の顔立《はたち》ちは二十歳になっても子供っぽいし、背もさほど伸びてはいない。対して、関目の身長は百六十七センチの牧野が見あげるほど高いから、きっと百八十半ばくらいはあるはずだ。

「頼んでたやつ、これだよな?」

「あ、はい」

関目が指差した箱を開け、ネジとナットをそれぞれきっかり二十個取り出す。それらを彼が持ってきたプラスチックのトレイに入れて、牧野は「どうぞ」と差し出した。

「おうサンキュ。また二カ月間日勤なんで、なんかあったら言いに来いよ」

関目と牧野がはたらいているこの工場は洗浄機をつくっているメーカーで、夜勤と日勤の二交代制になっている。日勤は朝八時から夕方五時まで。夜勤は午後四時半からはじまって、翌日の午前一時で業務が終わる。牧野は日勤のひとたちとはたらく時間がおなじなので、こしばらくは関目の姿を見る機会が多くなる。

「ありがとうございます」

牧野がぺこりと頭を下げたら「頑張れよ」と軍手をはめた手でそこを無造作に撫《な》でてくる。

牧野の髪は茶色くて、癖があって、ぴこぴこ跳ねてしかたがないので、短めに切ってある。

まったく自慢できるような髪型ではないのだけれど、弟にでもするように関目が頭を撫でてくるのはすごくうれしいことだった。

(関目さんはやさしいなあ)

そんな気持ちが牧野を自然とにこにこさせる。ヘルメットの下からのぞく関目の黒い前髪と、漆黒の眸とを見ていると、彼もまたその手を浮かせて頬《ほお》をゆるめた。

「牧野はいいな。いつでも感じよく笑ってて」

褒められると、ますますうれしくなってくる。関目がそう言ってくれるなら、いつだって牧野は笑っていようと思う。

「皆さんがいつもよくしてくれるので」

牧野が言うと、関目は「そうだな」とうなずいた。

「ここには『さっちゃん』を気に入ってる連中が多いから」

そう告げてから、なにかに気がついたのか、関目が後ろを振り返る。

「あ、いけね。あの音は――」

「伊豆《いず》さんの切断機」

「伊豆のじゃねえか？」

ふたりの声が見事にかぶって、互いに目を見合わせたのち、関目が苦笑を頬に浮かべた。

「相変わらずいい耳してんな」

ここから直接作業場は見えないけれど、扱う工具の音だけでそれが誰かを聞き分けられる。いつしか牧野はそんなこともできるようになったのだけど、耳がいいのは関目もおなじだ。

「んじゃまたな。頑張れよ」

大股《おおまた》で作業場に引き返す関目の背中を見送ってから、牧野は皿ネジとナットの入っている箱を元々あった場所に返し、カウンターの前まで戻った。

「レンチは二班の斎藤《さいとう》さんから。組立二課の藤堂《とうどう》さんは軍手が必要。管理課からは蛍光灯の替えが四本」

デスクの上からクリップボードを取りあげて、そこにはさんだ伝票を一枚ずつ読みあげる。確認し忘れて間違えると、相手に迷惑をかけてしまう。たとえネジ一個でも大切に扱って、無駄のないようにしたいのだ。

そののち各所から依頼のあったものを揃《そろ》え、伝票に処理済印を捺《お》したところで、牧野はびくっと肩を揺らした。

（あの、足音）

気づいた瞬間、牧野の背筋が硬くなる。逃げ出したいけれど、そうすることもできなくて、その場所ですくんでいると、工務部長の大谷《おおたに》が現れた。備品室を訪れた上司の姿を目に入れて、牧野も田辺も頭を下げる。

「おはようございます」

「ああ、ご苦労さま」

スーツの上着だけ作業服に着替えている大谷は、もちろん実際に作業をすることはない。たぶん年齢は四十代の後半だろうか。髪は丁寧にセットしてあり、足元もぴかぴかの革靴だった。

「牧野くん。ちょっといいかな」

大谷は上司に当たる男であり、牧野にとっては雲の上の存在だった。工務部調達課のさらに下、部材置き場ではたらく牧野は部長と気軽に話せるような立場にない。大谷がうながせば、逆らうことなどできなくて彼のあとについていった。

(電気を点《つ》けましょうかって、言ったほうがいいのかな)

備品室は節電のため、使わないところでは照明を消している。ふたつめの棚を曲がると、入り口からの光が遠く、周辺が薄暗くなる。

上司に声をかけようかどうしようか迷っていたら、いきなり大谷が立ち止まり、牧野はあやうく彼に衝突しそうになった。

「あ、すみません」

「ここはまるでウサギの巣穴みたいだな」

「え……？」

「暗くて細い通路が入り組んでいるからね。そのうえきみがここにいるだろ？」

振り向いた大谷は面白そうに独り笑いをしているから、たぶんこれは冗談だろう。

（なにか返事をしたほうが……？）

けれども、牧野にはどう返したらいいのかが思いつけない。とまどった顔のまま、ぴしっと折り目がついている大谷のスラックスを眺めているしかできなかった。

「きみはいくつになったんだ？」

「二十歳です」

こう思ってはいけないのかもしれないが、牧野はこの上司が苦手だった。彼は今年の春に本社から転勤してきたのだが、ここ最近は牧野にちょくちょく話しかけにやってくる。いまのように備品室に顔を出しては、棚に置いてある箱を気まぐれにいじったり、部品についての説明を求めたり。そして大谷はそういうときには、備品室の内部をよく知っている古株の田辺を決して呼ぼうとはせず、つねに牧野を指名していた。

「夏でもきみは色白だねえ」

感心した口ぶりで、彼が牧野の手首を摑《つか》む。

「薄暗がりだと余計にこの色が浮きあがってくるんだな」

大谷は周りに誰もいないとき、しばしば牧野の身体《からだ》に触れる。そうされると、いつも牧野は心臓がよじれるように苦しくなった。

(変な顔をしちゃ駄目だ。これもたぶん部長さんの気配りだから。部下のおれに親しくしようと気を使ってくれているんだ)

必死で自分に言い聞かせはするものの、今度もやっぱり頬は強張《こわば》り、摑まれたこの腕を放してほしくてたまらなくなる。

「夏バテして、少し痩《や》せたか?」

けれども牧野の願いは叶《かな》わず、大谷はもういっぽうの手のひらを肩の上に乗せてきた。

「いえ、おれはいつもと一緒で……ちゃんとご飯も食べています」

「寮の食事を?」

「はい」

「だけど、もうすぐあそこから出ていかなくちゃならないだろう? そうしたら、どうするんだい?」

「それは、あの。自分でつくるつもりです」

牧野の部屋がある独身寮は、このあとまもなく取り壊される予定だった。建物が古くなって、なにかあったらあぶないからと上のひとが決めたのだ。その後、寮を建て替える話はなくて、これまで住んでいた者たちは、会社が斡旋《あっせん》してくれるアパートやマンションに移ることになっていた。

「独り暮らしの経験は？」

「ないです。これが初めてです」

だろうと思ったと、大谷が明るく笑う。つられて牧野も唇をあげたけれど、ちりちりした背中の感じは消えなかった。

「聞けば、きみは寮と会社の往復くらいしかしていないそうじゃないか。土、日もたいてい寮母さんの手伝いとかで、遊びに行くことなどなかっただろう？」

「はい、それはそうですが……」

牧野がこの工場に来てからは仕事をおぼえるのが精いっぱいで、ようやく少しは慣れてきたこのごろも遊ぶような気持ちにはなれなかった。

とうに還暦を過ぎている寮母さんは牧野の手助けをいつも喜んでくれたから、休みの日にはもっぱら寮のなかにいて自分のできるいろんな用事をせっせとこなしていたのだった。

「そういう事情を知ってしまうと、ほかの皆とは同列にできないのは当然だろう？　きみは世間をよくわかっていないのだから、わたしも特別に配慮した」

ようやく肩から手が離れ、ほっとしたのもつかの間で、思わぬことを告げられる。

「きみだけは安全面を考慮する必要があるからね。独身寮より会社からは遠くなるが、しっかりした建物に移ってもらう。五階建てのマンションで、部屋の間取りは２ＤＫ。いまいる場所よりもはるかに広くて綺麗《きれい》なところだ」

ありがとうございますと、ここは言うべきなのだろうか？　たぶんそうだろうけれど、『きみだけ』という言葉が心に引っかかった。

「あの……ほかのひとたちは、どこに引っ越す予定ですか？」

「おおむねワンルームマンションだ。いまは独身寮に近いところを探している」

ということは、牧野だけが広い部屋に移住する予定なのだ。

独身寮は牧野たちがはたらいているさいたま工場の近くにあるから、県内でも結構のどかな部類に入る。高層ビルの建ち並ぶ新都心駅前周辺とくらべれば安いのかもしれないけれど、それでも2DKのマンションならばこれまでの寮費の数倍はするだろう。

（そんなぜいたくなところでなくてもかまわないのに）

思ったことが顔に出てしまったのか、部長がいやいやと首を振る。

「自己負担は皆とおなじだ。会社の都合で住居を斡旋したのだからね」

（だけど、それじゃ……）

自分だけが特別扱い。その言葉をかろうじて呑《の》みこんだ。

相手はずっとえらいひとで、示された条件は破格のものだ。よすぎるからと文句をつける筋合いはない。

「あのぅ……それはもう決まったことなんですか？」

遠慮がちに訊《たず》ねると、相手は「そうだ」とうなずいた。

「不服かい？」

「いえ。ありがとうございます」

不服とは思わないから礼を言ったが、そうすると独りだけ広い部屋に移るのを承知したことになる。

（嫌だって、わけじゃないけど……）

けれども、腹の真ん中が妙な感じで重苦しい。自然とうなだれた牧野の背中を大谷が何度もさすり「礼はいいよ」と備品室を出ていった。

（なぜ、おれだけがべつのところに？）

そんな気持ちがどうしても消せなくて、いつもは大好きな関目の工具の音を聞いても、牧野の心は晴れないでいる。さっきまで背中にあった男の手のひらの感触がいまだに残っているようで、おぼえず牧野はぶるっと身体を震わせた。

◇　　◇

その後、牧野がどうにか気分を切り替えて、午前のうちにやることを済ませると、昼休憩の時間になった。

ここの食堂は管理棟の地下にある。昼になると、牧野のように製造現場にいる者たちは、工場内の道を歩いて食堂に集まっていき、管理棟にいるひとたちは階段を下りていく。この食堂は旧《ふる》いけれど、さいたま工場ではたらくすべての従業員を収容できる広さがあった。

牧野が昼食を乗せたトレイを手に持っていつものテーブルに近づくと、隣の席から男が微《ほほ》笑《え》みかけてくる。

（あ。今日はまた違う眼鏡《めがね》だ）

ワイシャツにネクタイ、スラックスの服装をした千林《せんばやし》は、ここの上階《うえ》にいるひとだ。

この建物の上階には工場を管理する部門があり、牧野たちがいる製造現場とは雰囲気がことなっている。業務のくわしい内容は牧野にはわからないが、生産技術や企画といった部署も設けられていて、千林はそのなかの生産企画課で仕事をしている。

彼は二年くらい前に東京にある本社から転勤してきて、いつの間にか昼食をともにするようになっていた。

「今日は本当に暑いですね。もしよかったら、食事のあとでアイスモナカを食べませんか?」

さいたま工場の食堂では暑い時季だけアイスクリームを売っている。アイスは厨房《ちゅうぼう》でつくったもので、円いモナカの皮の上にそれを乗せてくれるのだ。もらってすぐに食べないと、モナカの上にあるアイスが溶けて手につくし、皮そのものもふやけてくる。千林はこのアイスが好きらしく、自分が言い出したことだからと、いつも牧野におごってくれる。

「アイスモナカって、こう両側からはさんであるでしょ? なんでここのは下だけなんでしょうかねえ」

「ええっと……上の分を節約したから?」

「やっぱりそれが正解ですか」

視線を交わして、互いにふふっと笑い合う。

「食堂のおばさんの深謀遠慮ってわけですね」

他愛ない会話だけれど、千林は牧野といるときいつも本当に楽しそうな表情をする。

(どうしてかな)

牧野はむずかしい話をされてもさっぱり理解できないし、特に気の利いた会話ができるわけでもない。

管理棟には綺麗な制服を身に着けた若い女子社員もいるのだし、スーツにネクタイの社員や、大谷とおなじように汚れていない作業服の上だけを着こんでいるひともいる。千林もそっち側にいるのだけど、彼はそうしたひとたちと食事をするより牧野のほうがいいと言った。

――昼食のときくらい、のんびり過ごしたいですからね。きみといるのは、楽しくて落ち着きますし。きみが嫌でなかったら、隣にいさせてくださいね。

――嫌だなんて、そんなのはないですから。おれだって、千林さんといたいです。

(だって、このひとと一緒だと、安心していられるし)

牧野は自分でもわかっているが、人見知りをするほうだ。それは、向こうを疑ってそうするのではなく、馴染《なじ》まない相手にはなんとなく気後《きおく》れして引いてしまう。けれども、このひとは大丈夫だと素直に感じる千林には、われながら気持ちがゆるんでいると思う。

「どうしたの？　食が進まないみたいですね。夏のあいだの疲れが出てきましたか？」

そう聞かれたとき、大丈夫だとうまく笑えなかったから。

「いえべつに……なんともないです」

横にちいさくかぶりを振ると、千林はそれ以上追ってこず、牧野が食事を終えるのを待ってから立ちあがった。

「じゃ、アイスを食べに行きましょうか」

千林にうながされ、空の食器を厨房に返してから、ふたりはアイス売り場に向かう。その途中には関目の座る場所があり、牧野はついそちらに気を惹《ひ》かれてしまった。

（いつものことだけど、目立つなあ）

関目のいるテーブル席に着いているのは、彼とおなじ組立一課のひとたちばかりだ。作業服は洗いざらしで使いこんだ感じがあるけど、みんな若くてすごく元気がよさそうだった。

そのなかでも関目はひときわ生き生きしている。いまも向かいの若い男と会話している最中で、張りがあってよく通るその声は数多くの従業員でざわつく食堂のなかにあっても牧野の耳に届いてくる。

——だからさ。グラインダーっつうのは、手ブレの制御が大事なんだよ。

どうやら工具の扱いを問われて教えているらしい。

——ああ。そうそうそんな感じ。接液部の取りつけは一ミリ違ってもやばいからな。

思わず牧野が足をとどめて聞いていたら、脇にいた千林から「関目くんを見てるんですか？」と問いかけられた。

「あ、すみません。止まってしまって。声が聞こえてきたので、つい」

牧野が言うと、眼鏡の上の千林の眉があがった。

「このざわめきのなかでも聞こえた？」

「ええ」

「……牧野くんは関目くんが好きですねぇ」

事実なので、牧野が「はい」とうなずくと、千林が苦笑した。それから片方の手をあげて、関目に向かって合図する仕草を見せると、彼はすぐに気がついたようだった。

「なんだ、千林。なんか用か？」

腰かるく立ちあがり、大股で近づいてくる。

「ええまあなんと言いますか。用事はあるような、ないような。むしろ、そちらからぼくへの用件はないですか？」

「なんだそれ」

千林の横から見あげる牧野のことを、関目はちょっと目を細めて眺めると、

「そういや、試作機のことだけどな。クランクケースんとこの部品。あっこはちっと変じゃねえか？」

「あれ？　やっぱり気づいちゃいました？」

「やっぱじゃねえよ。あれだとシャフトの収まりが悪いだろ」

「あそこの部分はダクタイル鋳鉄《ちゅうてつ》の仕上がりがいまいちなんです。生産技術課が仕入先に直しを要求していますから」

なおもつづくふたりの会話を耳にしながら、牧野はひそかに感心していた。

（このふたり、雰囲気が正反対）

見た目だけ取ってみても、関目は野性的で男っぽいし、千林はインテリ風の優男。身長はどちらも高いが、関目のほうがいくらか勝っているようだ。

「それからさ。つくる側から言わせてもらや、秒百リッター吐水するなら、チャッキ弁の位置が悪いぜ。圧力センサーからこうやって、こう来るのもいまいちだろが」

関目が指でなにかを描くようにする。それを見て、千林がうなずいた。

「そこは設計の段階から見直しをしています」

すると、関目は嫌そうに顔をしかめた。

「じゃあ、なにか？　まった仕様変更かよ。営業から注文があった時点で、おまえんとこは生産技術課に図面を書かせてるんだろう？　一発で決めてくれよ」

「と、言われましても。こちらも最良を目指しているので」

「それはこっちもおなじだけどな」

対等な目線で話す彼らふたりはおなじ年度に入社している。それは牧野も同様で、彼らとはいちおう同期という位置づけになるのだった。

(歳《とし》も、立場も違うけど、でも同期っていうことで気にしてくれるところもあるから)

関目は組立一課三班の班長で、牧野より断然えらいひとなのだ。関目より二歳上の千林もそれはおなじだろうけれど、ふたりは牧野にもへだてなく温かく接してくれる。

「まっ、そのことはひとまず置いて。実際俺を呼んだのはなんでなんだ？」

関目に問われて、千林はおもむろにこちらに視線を向けてくる。

「ああ、よかったら牧野くんと三人でアイスを食べようかと思いまして」

ふうん、と関目は言ってから「牧野はあのアイスが好きなのか？」と身を屈《かが》めて聞いてくる。顔がいっきに近づいて、牧野は鼓動を速くしながらこくこくとうなずいた。

「そんじゃ俺がおごってやるよ」

「え。でも」

悪いからいいですと言おうとしたら、すかさず隣から千林が口をはさむ。

「ぼくにもですか？」

「って、おまえにも？」

関目はあきらかに（えぇぇ）という顔をしたが「しゃーない」とつぶやいてから、背を向けて歩き出した。

「よかったですねぇ。気前のいい関目さんで」

千林はしれっとした顔で言い、それから小声で問いかける。

「ちょっとは元気になりました？」

一拍置いて、牧野は（あ）と口をひらいた。

千林は牧野がしょげているのに気づいて、わざわざ関目をこちらに呼んでくれたのだ。

「あ、ありがとうございます」

感謝のまなざしで千林の整って賢そうな顔立ちを見あげれば、どういたしましてというように彼が微笑みを返してくれる。

（ほんとにこのひとは親切だなあ）

そんなことをしみじみと感じながら、アイス売り場に歩いていく。関目のおごりのアイスはとても美味《おい》しくて、牧野は何度も礼を言った。

「これっくらい、どってことないんだからさ。そんなに頭を下げてると、アイスが傾いてこぼれるぞ」

「あ、はい。ごめんなさい」

「だから、ごめんもいらないって」

関目が苦笑して、牧野の頭をぽんぽんとかるい調子で叩《たた》いてくる。それを見ていた千林まで牧野の頭を撫でてきたので、髪がくしゃくしゃになってしまった。

「千林。おまえなにをしてるんだ？」

「いやなにか、ほわほわとしてさわり心地がいいもので」

どらどらと、関目があらためて牧野の髪に触れてくる。

（うわ。関目さんて、片っぽうの手だけでもおれの頭をぜんぶ摑めてしまえるんだ）

背の高い男ふたりの谷間になって、牧野はじっと関目の手を感じている。かるく緊張もしているけれど、同時にくすぐったいような気分もしていて……でもそれもつかの間だった。

「ね。頭ちっちゃくて、毛がほわほわで。なんか癒《いや》される感じでしょう?」

「あーそうだな。たしかにな」

関目が牧野を撫でる手つきは、ちいさな動物に対するものと似通っている。

(こ……これってもしかしてペット扱い?)

ちょっとそれはと、恨めしく目の前の男を見あげる。すると関目は「ごめんごめん」と朗らかにあやまった。

「牧野も大きくなったよなあ。いっちゃん最初に見たときは、まだこんなだったのに」

関目が自分の腰のあたりに手をやった。

「あの。それほどちいさくはなかったです」

「ああそうか。あのときは十五歳だったもんな。そこまではちいさくなかった」

さすがにそれはと否定すると、関目が悪びれずに同意した。

「あれから五年か。早えよな……っと、もうそろそろ戻らねえと」

食堂をあとにして、一階にあがったところで千林だけ行き先がべつになる。そののち、ふたりが建物の外に出て、敷地内の道を歩いていたときに、関目がひょいと身を折って牧野の顔をのぞきこんだ。

「うん。ちっとは明るい気分になったか?」

問うというより自分が納得したようなつぶやきに、思わず牧野は目を瞠《みは》る。

(ひょっとして関目さんも気づいてた?)

牧野に不安があったことを、こちらの様子から見抜き、気を使ってくれたのだ。

(どうしよう……すごく、うれしい)

関目はいつもさりげなく牧野にやさしくしてくれる。たとえば、こうして関目の隣を楽に歩けていることも、彼が歩調を合わせてくれているからだ。

「ん? 牧野、そこんとこに白いのが残ってんぞ」

じんわりと胸のなかを温かくしていたら、関目が牧野の口のあたりを指差した。

「えっ。そうですか?」

子供みたいにアイスの跡をつけていたのが恥ずかしく、あわてて口を指で拭《ぬぐ》う。けれども関目は「そっちじゃない」と指摘する。

「そこじゃなくて、ここだ、ほら」

どこだろうかと牧野がはわはわしていると、無造作に伸ばされた男の腕が間近に迫る。と、唇の端のほうに少しざらついた指の感触。反射的に薄い背中がぴくっと震えた。

「ん……」

まぬけな声が出て、より恥ずかしい。関目はどう思ったかと、おずおずと彼のほうを見あげれば、なんだかとまどった顔をしていた。

「関目さん?」

「あ、悪い。自分の弟にするみたいにしちまった」

すっと指先が離れていく。ややあってから、関目がぼそっと声を落とした。

「……どうして気分が沈んでたのか聞いてもいいか?」

ちょっと迷って、牧野は正直に言うことにした。

「えと。じつは、独身寮を出ることが不安なので」

だけど、やっぱり大谷が示してきた特別待遇は口にしにくい。それを飛ばしての本心を牧野が言うと、関目はなるほどとうなずいた。

「そういや、牧野はあそこにずっといたもんな」

関目は入社してしばらくは独身寮に住んでいた。けれども、寮は外泊するときは届けを出さないといけないし、食事や入浴に関することなどさまざまな決まりがある。たぶんそれを窮屈に感じたのか、関目は早々に寮を出て、自分で見つけたアパートに移っていた。

「だけど、みんな似たようなワンルームに引っ越すって聞いてるぞ。寮ほど数はいないかもしれないけど、何人かはおなじ建物のなかだしな。多少は心丈夫だろう?」

「あ。そう、なんですけど……」

口ごもり、ためらってから、牧野は事実を打ち明ける。関目に心配をかける気はないのだけれど、適当なごまかしを思いつくことができなかった。

「それが、おれだけ違うマンションに移るみたいで」

「違うって？」

「皆とはちょっと離れたところの２ＤＫの部屋らしいです」

聞くと、関目は眉をひそめた。

「それ、誰に言われたんだ？」

「大谷部長です」

隠すようなことでもないので、牧野は上司の名前を出した。関目は「ふうん」と言ったまま、なにかを考える様子でいる。

「あの……なにか？」

頭上から照りつける真昼の日差しが、彫りの深い関目の顔に陰影をつけている。影になっているせいか、男の眸が妙に昏《くら》く鋭く見えて、牧野はおぼえず息を呑む。

（どうして、こんな……？）

男の視線に射すくめられて、牧野は動くことができない。目を見ひらいて、牧野が固まったままでいると、関目が広い肩をすくめた。

「なんかなあ。俺のなかじゃ、ずっとちびっこだったのになあ」

微妙にため息のまじるような口ぶりに、牧野はとっさに申しわけない気持ちになった。

「ごめんなさい」

すると、関目がふっと精悍《せいかん》な頬をゆるめる。

「ばーか。おまえがあまやるこっちゃない」

そう言う関目は元のまなざしに戻っている。いつものように腕を伸ばして牧野の頭を撫でようとして——それを中途にとどめると、上空を仰《あお》ぎ見た。

「……なぁんか今日もいらねえほどあっちぃな」

「あ、はい」

「ちっとだけ、急ごうか。大西《おおにし》にグラインダーの使いかたを教えてやんないといけねえし」

関目の言うままに牧野は足を急がせる。伸ばした手をとどめたことも、さっきの鋭いまなざしも、牧野の胸に疑問として残っているが、それをどうやって解けばいいのか見当もつかなかった。

◇　◇

昼からの作業がはじまり、関目は組立工場の構内で後輩の指導を終えると、額に滲《にじ》んだ汗を拭った。

「関目さん、ありあっした!」

「おう。そんな感じでやってくれ」

関目がそう応じた場所は組立一課の製造現場で、ここは受注生産の洗浄機を扱うところだ。

粟津工業は全国に事業所を設けていて、さいたま工場で生産される製品はそこを通じて販売されている。注文先は、食品工場や、機械工場、IT関係の精密機器をつくる会社。そのほかにも大手の造船会社や、自動車メーカーなどがある。一課での製品はそのほとんどが企業向けの受注品。また、それとはべつに組立二課で製造している汎用品は各地のホームセンターに卸されて、そこから一般の消費者が買っていく流れになる。

この工場で生産される産業用洗浄機は食品業界や工業界のみならず、林業、農業、土木建設業と、あらゆる分野で需要があった。

「そんじゃま、作業にかかるとすっか」

関目が現在組立中の洗浄機は、造船会社が船体の塗装剝離に使うものだ。作業にかかると夢中になるのはいつものことで、そうなると暑いのも寒いのも気にならない。三時の休憩時間になって、ようやく喉《のど》が渇いているのに意識が向いた。

構内の隅に置かれた冷蔵庫から水の入った二リットルのボトルを出して、三分の一ほどが残っていたのをいっきに飲み干す。その拍子に顎に伝った液体を手の甲で拭ったあとで、そうとおぼえのないままに構内の奥を見た。すると、作業をしているあいだは意識の上から消えていた色白の青年の姿かたちが鮮明に浮かんでくる。

（牧野）

腰に巻いた作業ベルトに差している関目の工具は、すべて彼が手配したものだった。

（そうだな、もう五年が経《た》ったか）

さきほど牧野と交わした会話を思い起こし、それが呼び水になったのか、初めて彼と会ったときの出来事が記憶のなかから甦《よみがえ》る。あれは関目が都内の本社でおこなわれた、その年の入社式に臨んだ折のことだった。

――きみ、どうしたの？　お兄さんか、お姉さんについてきたの？

式場担当の社員の声に関目が目を向けたのは、自分にも弟と妹がいるからだ。見れば、ちんまりとした中学生が、制服だろうブレザーを着て式場に入ろうとしたところを係員に止められているようだ。

――おれはさいたま工場ではたらく予定になってるんです。

彼は背も、顔もちいさくて、手足ばかりが長かった。瘦せすぎなほど細いのに、全体的にやわらかな印象なのは、そのなめらかな白い肌や、まだ幼さが残っている顔立ちのせいだろう。髪は明るい色みだったが、染めているのではなさそうだ。

――だって、きみ。それは中学校の制服だろう？

呆《あき》れ顔の係員はその少年の言い分を信じようとはしなかった。

――きみの名前はなんていうの？　お兄さんか、お姉さんにはぼくから言っといてあげるから、式が終わるまで会場の外にいて待ちなさい。

――でも、ほんとにおれはこの春から工場で。

――いいから出なさい。言いわけはあとで聞くから。

開始時刻が迫っていて、急いだらしい係員がやや乱暴に少年の肩を押す。小柄な身体がその仕草でよろめいて、それを見た瞬間に関目は足を踏み出していた。

――おい、待てよ。

あのころ関目は鬱屈《うっくつ》をかかえていて、他人などどうでもいい気分でいた。場内にまぎれこんだちびっこが、係の社員に追い出されても自分には関係ない。なのに、声をかけたのは自身でもらしくはないと思えるような言動だった。

――なにも小突くこたないだろう?

言いながら近寄ると、険しい目つきにひるんだのか、係員が顎を引く。しかし、隣の少年は少しも関目を怖がるような様子を見せず、ただじっとこちらに視線を向けていた。その眸の茶色の部分が大きくて、ちょっとどこを見ているのかわからないなと思いながら関目は彼に問いかける。

――おまえ、この会社ではたらくんだな?

眇《すが》めた目つきはお世辞にもやさしいとは思えなかったが、彼はこくこくとうなずいた。

――だったら、俺と同期だな。

無造作に顎をしゃくって、関目がこっちに来いと言ったら、彼がきょとんとした顔をした。

――まもなく始まる。早いとこ並ばなきゃだろ？

うながすと、素直に彼が足を出す。と、そのとたん、係員に肩を摑まれ、彼がびくっと全身を跳ねあげた。

――ちょっと、きみ！

――うっせえよ。本人がそうだと言っているだろが。

わざと口調を強くしてぎろりと睨《にら》むと、少年から手を離し相手が怯《おび》えた顔になる。これはもうある意味慣れた展開で、さすがに少年もひるんだろうと見下ろせば、彼は顎をあげ気味にまっすぐ視線を当ててきた。

予想に反して、少年の大きく澄んだ眸に恐怖の色はなかったが、かといってそれ以外の感情も浮かんではいないようだ。ただあるものをあるように見つめてくる茶色い眸。

（なぁんか、妙に人間臭くないんだよな。まるでべつのイキモノみてえだ）

おかしなやつだと関目は思った。下手をすると十代はじめに見えるような少年がこの場所にいることもあいまって、かなり不思議な気分がしてくる。当時、関目は牧野の背景を知らずにいたからなおさらで、つまりは毒気を抜かれた関目はめったにないことではあるが、つい少年を自分の精神的領域《テリトリー》に入れてしまった。

――俺は関目だが、おまえの名前はなんていうんだ？

隣り合って席に座り、ちいさな声で少年に問いかけた。

——牧野です。牧野幸弥。

——その制服は中学校のか？　なんで学校の制服なんだ？

——おれのサイズに合うようなスーツがなくて。特注するほどお金がないから、入社式には制服で行けるようにお願いしていたんです。

それなら連絡が通じていなかったというわけで、会社側の不手際だ。関目がそのことを口にすると、少年は批判をする気がしないのか、あいまいにうなずいた。

——牧野はさいたま工場ではたらくって決まってんのか？

うざがられているのかもしれないのに自分のほうからいろいろと話しかける。われながらダサイことをしていると感じたが、じっとこちらを眺めている彼の顔を見ていたらなんだかどうでもよくなった。

——俺はまだ配属先が決まらねえが、研修でそっちに行く予定だから、そのときには顔を合わせることもあるかな。

——関目、さんと……？

小首を傾《かし》げて牧野が聞いた。どこかぼんやりとしたその口調は、無気力というのでもないのだが、どことなく目の前で起きている出来事に関心が薄いような感じがしていた。

——ああ。もし俺がさいたま工場に行くことが決まったら、おまえとおなじ職場だな。

だからだろうか、普段よりも言葉数が増えているのを自覚した。らしくない言動のついでだと、関目はさらに踏みこんだ。

――そうなったら、俺ん家《ち》からは通えねえが……牧野の自宅は工場から近いのか？

そう言うと、ふいに少年は視線を外し、すばやく何度も首を振った。

――近くないです。おれは寮に入ります。

硬い口調と、強張る頬。関目の睨みにもひるまなかった少年が、このときばかりは身構える様子になった。

――ん、そっか。んじゃ俺もそっちに決まったら寮に入るか。

できるだけなんでもなく言ったのは、少年の気持ちのなかにこれ以上踏みこむと、どこかに跳んで逃げそうな気配があったからだった。

（本当におかしなやつだ）

そうして関目は二カ月間の工場研修を経てのちに、さいたま工場の生産技術課に配属されることが決まった。配属先の希望を書く用紙の欄にさいたま工場と記入したのは、工業専門高等学校で得た知識を活《い》かすため。

あのとき自分ではそう思ったし、事実そのとおりになったのはそれがもっとも適正な希望ではあったからだろう。

関目は飲み終えたペットボトルをそれ用のダストボックスに入れようと、蒸し暑い構内を横切った。

（あれから牧野は……ずっと頑張りつづけてきた）

この場所からは見えないが、たったいまも牧野は几帳面《きちようめん》に古くなった工具の手入れや、新しく来た部品の仕分けをしているのだろう。『さっちゃん』と皆から呼ばれて、可愛《かわい》がられて。牧野もまたはにかむような笑顔でそれに応じている。

工場の隅っこで、不平も言わずにこつこつと勤めている牧野の姿を見かけるたびに、関目はいつもおのれの鬱屈が薄れていくような気分がした。牧野の頑張りを考えると、自分のこの苛立《いらだ》ちなど取るに足らないことではないか——そんな気持ちになってきたのだ。

（俺のイラつきは、しょせんガキくせえ引っかかりだ。いまとなっちゃ、思い出すのも恥ずかしいぜ）

ダストボックスに持っていたボトルを投げ入れ、ついでに脳裏に浮かびかけた過去の追想も放り捨て、関目は構内を出てすぐの手洗い場の前まで行った。

蛇口をひねると生温《なまぬる》い水が出る。それでもましかと、蛇口の下に頭を置いて水をかぶった。

「なんだぁ関目、水浴びか？　んなもんよりか、俺ぁビールを浴びるほど飲みてえよ」

「ほんとすね」

おなじく顔を洗いに来た古株の先輩に笑って応じる。

「んならば、一杯飲《や》りに行くか？」

持ってきていたタオルで髪をごしごしと擦《こす》っていれば、身を乗り出して誘ってくる。

「いいっすよ」

「んなら、決まりな。垣内《かきうち》と山下《やました》も言えば絶対来るだろうしよ。関目も誰か呼んでみっか?」

喜色を浮かべて言ってくるのに、ふっと関目の口が動いた。

「ま……。いや、大西なんかどうすかね」

「おお、いいぞ。若いやつにはおごってやる、と言いたいけんどよ、給料前だしとりあえずの一杯だけな」

「や、それで充分ありがたいすっよ」

関目がかるく頭を下げたら、相手はにかっと歯を見せた。

「関目。おめえもええ面《ツラ》になっただなあ」

ばんばんと背中を叩かれてそう言われると、関目は苦笑で返すしかない。

「したら、『はっかい』で待っとるで」

夕刻に待ち合わせる店を告げ、去っていく先輩工員の背中を見送り、関目もまた自らの持ち場へと足を進める。

(さっき、俺は牧野と言いかけたんだよな)

もちろん、そうしても変というわけではない。おなじ構内にいる同期の社員だ。飲みに誘っても、べつにおかしいことはない。なのに、いままで一度もそうしなかったのは、牧野がどこか他人と関《かか》わり合うことを避けているように感じていたからだった。

この工場の従業員とも打ち解けているようで、どこか一線を引いたようなところがあった。飲み会に誘われても「おれは未成年ですし、寮母さんの手伝いがありますから」と顔を出すことはなかったし、ふいに他人から触れられるとびくっと身体を跳ねあげる。

備品室の薄暗い通路の奥で、ひっそりと暮らす牧野。関目が入社後しばらくして、牧野の身の上を知ったときに、静かに過ごしていたいのならばそれもいいかと思ったのだ。なにか困ったことがあればかならず手は貸すけれど、こちらからは押しつけがましくするのはよそうと。

それなのに――たぶん、自制が切れかけている。大谷部長の思惑を勘繰って、穏やかならぬ心持ちになったこともその予兆ではあるのだろう。

(長いあいだ見守ってきた弟みたいなもんだからな。先回りして心配して、どうでもかまってやりたくなったか?)

そんなところに自分の気持ちをはめこんで、関目はぶるっと頭を振った。

「……今日はがっつり飲んだくれっか」

気が置けない連中と飲んで騒いで。そうすれば、きっと気分も晴れるはずだ。

「おーい、関目ぇ。ここんとこ、どうすんだあ」

つくりかけの機械の前からでかい声で怒鳴られて、関目は「いま行く!」と応じ返した。

(ぐだぐだ考えるのはやめだ)

するべき作業に没頭すれば、頭のなかからおかしな思いを消し去れる。

アイスを拭ってやったときに、唇をうっすらとひらいていた牧野の顔も、あの肌の感触も。

◇　◇

それから十日あまりが経って、牧野はいよいよ寮を出て、新しい住まいに移ることになった。住み慣れた独身寮に別れを告げて、新しい部屋へと向かった牧野がまずすることは自分の荷物の受け取りだった。

元々私物は少なくて、宅配業者の引っ越し便で事足りたから、寮から持ちこんだ荷物の片づけは案外早く終わってしまう。

(あと、買い足しておくものは)

部屋が広くても、不必要な品物を揃えるような気持ちはない。この五年間、寮と会社の往復で、無駄な出費はしなかったから多少は貯金もあるのだけれど、ことさら余分な電化製品は欲しくなかった。

（だけど、通勤の足になるものはいるかなあ）

徒歩だとここから会社まで四十分はかかるだろう。日用品で足りないものもあるからと、午後からはホームセンターに足を運んで、通勤用の自転車を買う。台所用品は最低限あればいいと思ったけれど、新しい住まいでは一から揃えなくてはならず、ホームセンターと部屋とを何度か往復し、どうにか格好をつけたころには夕方近くなっていた。

「これでよし……と」

夕食の支度をするには少し早い。牧野は部屋の壁際にあるカラーボックスの前に行き、その最上段に収めていた位牌《いはい》の前で両手を合わせた。

「お祖父《じい》ちゃん、お祖母《ばあ》ちゃん、父さん、母さん、それに明香里《あかり》。無事引っ越しが済みました。今日からここで暮らすので、よろしくね」

位牌のひとつは祖父母のもの。もうひとつは両親の。それから少しちいさめなのは、妹の明香里のだ。

まだ新しいそれらの位牌は六年前のおなじ日につくられていて、牧野が家族を亡くしてしまった出来事はその年に起きたのだった。

（そうか……あれからもう六年以上経ったんだ）

小ぶりのグラスにちいさな白い花を活け、位牌の前に手向けてから、牧野は過去を顧みる眸になった。

（あの大雨が……家も、家族も……）

牧野が中学三年生の夏休み。バレー部の引退試合があった日に、それは突然起きたのだった。

――牧野。落ち着いて聞いてくれ。たったいま携帯に連絡が入ってきた。おまえの家の裏山が土砂崩れを起こしたそうだ。

試合が終わり、雨のなかを部のメンバーとマイクロバスに乗りこむ直前、顔色を変えた顧問が牧野にそう告げてきた。

――え、それで⁉　家族はどうなったんですか⁉

――わからない。ともかく家まで送るから。

同行していた父兄のひとりにマイクロバスの運転を代わってもらって、顧問は牧野とタクシーで家まで向かった。

隣の市から、行きは四十分で着いた距離をおなじ道のりで引き返す。急いでくださいと牧野は運転手に頼んだけれど、さらに雨足が強くなって、車はスピードを出せなかった。

じりじりと身を炙《あぶ》られる思いをしながらようやくタクシーが牧野の家に着いたとき、そこはもう自分の知っていた光景ではなくなっていた。

――か、母さん……父さん、明香里っ！　どこだっ！

土砂に埋もれ、押し潰《つぶ》された自宅に駆け寄ろうとして、消防隊員に抱き止められた。

――あぶないから、近寄るな！　まだ崩落の危険がある。

――は、離してっ！　あそこには、おれの……っ！

身をもがき、狂ったように父母と、妹と、祖父母とを呼んだけれど、どこからも返事はなかった。

雨天の下《もと》、夜を徹しての救助活動はつづけられ――そうして、ひとりまたひとりと、土砂のなかから見つけ出され――病院へと運ばれた。

泥にまみれた彼らはもはや息を吹き返すことなどないと、皆がわかっていたけれど。

雨の日曜日。家族はみんな家にいて、誰ひとり助からなかった。病院、そして告別式の会場と、牧野は放心状態のまま移り変わる景色をただ眺めていた。目の前の出来事いっさいが映画でも観《み》ているように感じられ、泣くでもなく、わめくでもなく、牧野はごく機械的に誰かの指図に従って動いていた。

あまりのショックの大きさに、たぶん感覚が麻痺《まひ》しきっていたのだろう。母の弟、つまり叔父《おじ》が自分を引き取ると言ったときも、なんの感情も湧《わ》かなかった。

それからまもなく生まれ育った富山を離れ、叔父の住む東京に行き、牧野は都内の中学校に転校した。

（最初はまあまあ穏やかに過ごしてたけど……でも、それも二カ月くらいだったかな）

元々はたらくのが嫌いな叔父は、定まった職に就いていなかった。牧野を引き取ってくれたことも、おそらくは身内への情愛ではなく、保険金が目的だったのかもしれない。父親が加入していた保険会社は天災を理由として、保険金の額こそ減らしていたものの、多少はまとまった金を支払っていたからだ。

そして、叔父が牧野の後見人となり、しばらくすると——。

そこまで記憶を追ってきて、牧野はびくっと両肩を跳ねあげた。

（え……？）

牧野をもの思いから戻したのは、玄関で鳴らされたチャイムだった。引っ越したばかりなので、工場の知り合いがたずねてくるとも思えない。

関目や千林が手伝いをしようかと言ってくれてはいたのだけれど、結局関目は休日出勤、千林は名古屋支店に出張の予定が入って、牧野はその気持ちだけをありがたくもらっていた。

「あの……誰ですか？」

ドア越しに訊ねると、思いがけないひとからの声が返った。

「わたしだよ」

（大谷部長……!?）

目を瞠り、立ちすくむ牧野の耳に問いかけがつづけて入る。

「ここを開けてくれないのか？」

言葉は質問のかたちだけれど、玄関先で上司を追い返すことなどできない。

「あ、はい」

牧野はドアを開け、大谷を迎え入れた。

「引っ越しの手伝いでもしようかと思って来たが、もう片づいているんだね」

「そんなに荷物はなかったですから」

牧野はどうしてよいのかがわからずに、大谷の斡旋した部屋のなかに立っていた。手伝いをする気で来たのは彼の台詞《せりふ》で理解したが、どうして部長がと困ってしまう。

今日は土曜で、工務部長はポロシャツとスラックスを身に着けている。休日のお父さんといったふうな隙《すき》だらけの格好ではなく、服はお洒落《しやれ》で高価《たか》そうで、引っ越しの荷物運びをする雰囲気とは違っていた。

「へえ。こんなふうな間取りなのか」

部屋に入ると、大谷はあちこちを見回している。牧野は今日買ってきた麦茶のボトルを冷蔵庫から取り出すと、コップに注《つ》いで彼の前にそれを出した。

「ああ、ありがとう」

彼は礼を言ったけれど、座卓に置かれた麦茶には手をつけようとしなかった。

「ここで食事をするのかい？」

「はい。そのつもりです」

「じゃあ、この奥が寝室になるんだね」

(え。あの……？)

さっと大谷が立ちあがり、奥の部屋まで踏みこんでいく。眉根を寄せて、牧野がそのあとを追っていくと、彼はゆっくり振り向いた。

「ベッドはないんだ？」

上司の質問にうなずきはしたものの、そのときふいに寒気が背中を駆けあがった。

(なんだか、嫌だ)

部下の引っ越しを上司が心配して見に来てくれた。それ自体はおかしなことでもないのだろうが、調達課でもみそっかすの位置にいる備品室勤めの牧野と、工務部長の大谷とでは、立場に差がありすぎる。

今日寮を出た従業員はほかにもたくさんいるというのに、なぜ彼はここに来たのか。

「どうやらここは家具が少ないみたいだね。たとえば……そうだね、食卓とか、ベッドとか。もしよかったら、わたしが買ってあげようか」

窓の前で、大谷がそう言った。思わぬ申し出に、牧野はあわてて首を振る。

「いえ、そんな。とんでもないです」

「遠慮しなくてもいいんだよ」

「遠慮じゃなくて、本当にいいんです」

牧野は重ねて断りの文句を言ったが、彼はまともに受け取ろうとしなかった。

「きみはどんなベッドが好みだ？　わたしは車で来たからね、これから店に行ってみるかい？」

「いえ、本当に。そんなことをしてもらう理由が……」

言いかけて、ぞっとしたのは、目の前の男がふいに間合いを詰めて、牧野の肩を掴んだからだ。

「この一年間、わたしはきみの頑張りを見てきたからね。きみは何事にもひたむきで、とてもいい部下だと思う」

「あ、ありがとうございます」

「だけど、きみは二十歳になったばかりだし、頼れる大人に甘える部分があってもいいんじゃないのかな？」

肩の上にじっとりと乗せられている手のひらの感触が気になって、牧野は相手がなにを言ったかあまりよくわからなかった。

「あの、すみません。手を……」

完全に引け腰になった牧野を、大谷はどこか面白そうに見ている。その目にちらちらと浮かぶ光がさらに牧野の心身を硬くさせた。

「は、離してもらえないでしょうか？」

口ごもりつつ懸命に牧野は言った。失礼かと思ったけれど、これ以上はどうしても我慢できない。

「ああ、ごめんごめん」

大谷は明るい口調で両眉をあげてみせると、肩からぱっとその手を離した。

「わたしにはきみとおなじ年ごろの甥《おい》がいてね。そのせいかな、つい気安くしてしまう」

男の言いわけは牧野の気持ちをやわらげはしなかった。どころか、甥とおなじ年ごろと言われたせいで、嫌な記憶がありありと甦る。

（……叔父さん）

思ったとたん、皮膚が粟立《あわだ》つ。もうごまかしもできないで、背筋を慄《おのの》かせながら牧野は数歩後ずさった。

「どうしたんだい？」

なにげなく問う声がわざとらしく聞こえたのは気のせいか。牧野は声が出せないで、ただ首を横に振った。

「引っ越しで疲れたんだね？　だったら、買い物は今度にしよう」

一方的に決めつけると、大谷は笑顔になった。部長からなにかもらうつもりはないと言ったのに、そちらは巻き戻されている。

「あの、おれは」

「また今度。今日はゆっくり休みなさい」

親切なようでいて、どこかがおかしい上からの台詞を残し、大谷は牧野の部屋から出ていった。

「……はあ」

上司の姿が消えたとたん、牧野はその場にへたりこんだ。

もやもやとした不快なものが腹のなかに満ちていて、テラス窓から差しこんでくる夕暮れの赤い光も温かさより不吉な感じを牧野にあたえる。

（晩ご飯をつくらなくちゃ……）

そんなことを考えたすぐ脇で、過去の記憶が浮きあがり、ほどなく牧野の頭のなかは暗い追想に塗り潰された。

――叔父さん、ただいま。

牧野がそう言ったとき、叔父はアパートの畳の上に寝転がり、ラジオを聞いている最中だった。（お酒臭い）と思ったけれど、それは決して口にできない。言ったら、叔父はかならず牧野を殴るからだ。

東京の叔父の家に引き取られて二カ月め。転校した中学は二学期から通っていたが、関東の言葉にはいまだに馴染めず、牧野はクラスで孤立していた。

元々牧野は引っこみ思案なところがあるし、初めての相手には打ち解けるまで時間がかかる。まして、家族をすべて喪《うしな》ってまもないために、目に映るすべてのことがあやふやで、クラスメイトの存在もまるで書き割りの人物のようだった。

――チッ。また外れかよ。幸弥、ビールを持ってこい。

いまいましげな男の声に牧野は全身をすくませる。

たぶん、馬券が外れたのだ。このあとの、叔父の荒れぶりの予想がついて、牧野は心を沈ませた。現実感の欠けている毎日ではあったけれど、殴られればそれなりに痛みを感じる。

叔父の暴力に抵抗するほどの気力はないが『あれ』だけは嫌だった。

――おい、早くしろ！

怒鳴られて、牧野はやむなくビール缶を叔父に差し出す。

――や……叔父さんっ。嫌だっ！

伸ばした腕を摑まれて、畳の上に引き倒される。饐《す》えたような臭いの男にのしかかられて、牧野は相手を押しのけようと両腕を突っ張った。

――そっ、その手……っ、や、離して……っ！

手足を必死に振り回して抵抗したら、叔父に頰を殴られた。鼻から脳天に痛みが走り、口のなかに血の味が広がっていく。それでも叔父の身体の下から這《は》い出そうともがいていると、しだいに相手の力が弱くなっていった。

酔い潰れ、いびきをかき出した男から離れると、牧野は自分の膝《ひざ》をかかえてうずくまった。

（ここじゃない、どこかに行きたい）

思うけれど、後見人となった叔父は、牧野に遺《のこ》された資産をすべて巻きあげてしまってい

た。その金で競馬をしたり、パチンコ店に通ったり、つまりはいいようにギャンブルに使っ

ていたのだ。

叔父の気分が荒れたときには殴られて、ときには身体をさわられて。こちらの身体に触れ

てくるのはたいていてい酔っているときで、あちこちさわっているうちに寝てしまうか、多少は

酒が抜けてきて途中で相手が男なのに気がつくと、あからさまにしらけた顔で牧野を乱暴に

放り出す。そして、牧野がそこに至るまで耐えきれず、叔父を拒むと殴られた。

そのくり返しが嫌でたまらず、だけど自らどうにかしようとするほどの気持ちにはなれな

いでいた。家族のなかでひとりだけ生き残っていることがなにかの罰のようにも感じ、痛み

と苦しさを拒むほどの気力が湧いてこないのだ。

けれども、そんな生活も秋の終わりごろになって少し状況が変わってきた。

――その顔、誰にやられたんだ？

クラスの担任が牧野の状態に気がついて、問いかけてきたのだった。

定年間近の担任教師は、時間をかけて牧野の暮らしを問い質《ただ》し、どうしたいかを訊ねてく

れた。最初はぼんやりと首を振るだけだった牧野は、しかし担任の誠意の前で徐々に心をひ

らきはじめた。

自分の想《おも》いを打ち明けたい。悩みをこのひとに聞いてほしい。やがて牧野はそんな心境になってきて、彼のうながしに応じるかたちで自分の望みを訴えた。

——叔父の部屋から出たいです。自分ではたらいて、独りだけで暮らしたい。

——奨学金を申請し、高等学校の寮に移る手もあるが？

——だけど、それだと保護者は叔父のままでしょう？　おれはもうそういうのはいいんです。なにをしてでもあそこから抜け出して、自分の力で生活したい。

担任教師はそれを聞くと、牧野が中学校を卒業後、就職できる会社の斡旋をしてくれた。寮がついていて、中卒の牧野を雇ってくれる会社。そんなところを見つけ出し、牧野が入社試験に受かると、その際の保証人にもなってくれた。

そのうえ彼は叔父のアパートをおとずれて、彼と直接面談し、牧野が就職して自活することと、そしてそのための資金として、預かっている保険金の一部を返却することを承知させてくれたのだった。

その後、牧野は粟津工業に入社して、製造現場の片隅ではたらきはじめた。もちろん、いいことばかりではなかったけれど、牧野がこうして叔父の干渉を受けることなく毎日暮らしていけるのは、あのときの担任教師と、自分を受け入れてくれている工場のひとたちがいてこそだ。

「……おれ、ちゃんと頑張るから」

ぽつりと洩《も》らすと、牧野は膝歩きで壁際の棚に近づく。そこから取り出したのは、両手でつつめるほどの大きさの缶だった。

田辺がくれたテーマパークのお土産《みやげ》は、元はクッキーが入っていた。いまは――牧野の宝物が収まっている。

「独りでも大丈夫。これがあるから大丈夫」

呪文《じゅもん》のようにつぶやくと、牧野は缶を手に長いあいだそのままの姿勢でいた。

◇　◇

「ねえ、牧野くん。ここのキュウリを収穫しちゃうからザルに入れて」

「あ、はい」

雑草を取っていた手を休め、プラスチックのザルを持ってそちらに近づく。

プランターに植えられたキュウリを採って渡してくるのは管理棟で事務をしている西脇《にしわき》だ。

この菜園は管理棟の屋上にあり、ここに勤める女性たちが会社から許可をもらって野菜や花を育てている。牧野は二年ほど前に、ちょっとしたきっかけから屋上菜園のメンバーにしてもらった。

ここの面子《メンツ》は牧野よりも年上の、いわゆる『おばさん』と呼ばれるような女性たちなのだけれど、全員明るくたくましく、仕事も家庭も生き生きとこなしている。そして、牧野は彼女たちのパワーに圧倒されつつも、そんなみんなのおしゃべりを聞いているのが好きだった。

「そのキュウリ、人数分に分けておいてね。いないひとのはあとであたしが届けておくから」

「だったら、ぜんぶで七つですね。ビニール袋に入れておきます」

いつものように牧野は屋上で野菜や花の世話をして、それが終わると割り当ての野菜を手にみんなと階段を下りていく。にぎやかに交わし合う彼女たちのおしゃべりに牧野が耳を傾けていたときに、少し先を行く西脇が「あっ」と叫んで振り向いた。

「そういえば忘れてた。牧野くんにお土産があるんだった」

西脇は牧野をこのメンバーに入れてくれたひとであり、いちばん年かさで、皆のリーダー格でもある。二階の踊り場で足を止め、彼女は「これこれ」と手提げ袋を持ちあげた。

「娘がハワイに遊びに行ってね、いいシャツあったら買っといてって頼んどいたの」

差し出された袋を見て、牧野は驚いて目を瞠る。

(え。わざわざ旅先から買ってきて……?)

そんなものをもらってもいいのだろうか？

受け取ってもいいものかと迷っていたら、西脇が「なに言ってんの」とぶつ真似《まね》をした。

「牧野くんにあげるためにこうして持ってきたんじゃないの」

「だけど、その。なんだか申しわけなくて」

「遠慮することないわよぉ」

「そうよ。もらっときなさいよ。今度わたしも娘の着ないTシャツを持ってきたげる。新品だから、デザインとか気にしなければ問題ないと思うしね」

「いえ、それは」

「いいからいいから」

そんなこんなで牧野はなぜか踊り場で上着を脱ぐはめになる。西脇が「着てみせて」と言ったからだ。

「仕事の時間は終わってるんだし。上だけ着替えて更衣室に行けばいいのよ」

西脇がこう言えば、皆が「そうそう」とうなずいて、結局牧野はシャツの袖《そで》に腕を通した。

「すごい。似合うじゃない」

「可愛い」

シャツの地は紺色で、そこに小鳥と南の島の植物が描かれている。色みはすべて抑えめで、鳥と植物の模様はこまかく、どこか日本の着物の柄を思わせるデザインだった。

「ほら、やっぱり思ったとおり。牧野くんは色白だから、原色よりもこういうのが似合うわねえ」

　得意げに胸を張る西脇は満足そうだ。

「色白っていっても、牧野くんのは青白いって感じじゃなくて、なんていうのか、ほら、まろやかな白さっての？」

「うん、そうねえ。すべすべしてて、さわり心地がよさそうね」

　完全に面白がっているふうの彼女たちに囲まれて、牧野はたじたじとなっている。そのときだった。階段のドアがひらいて、大谷が現れた。

「あれ……牧野くん？」

　そうみとめた瞬間に牧野の顔面が強張った。周囲にいる女性たちも部長が顔を出したことで、それなりに表情を引き締める。

「牧野くん、これ荷物」

「あ。ありがとうございます」

「部長、お先に失礼いたします」

「ああ、お疲れさま」

　彼女たちが野菜の袋と作業服の上着を渡し、大谷に挨拶《あいさつ》して姿を消すと、牧野もおなじく「失礼します」と階段を下りはじめた。

（呼びとめられて、話しかけてこられないといいんだけれど）

そう思った牧野の願いは半分だけ叶えられた。大谷は牧野を呼びとめることはせず、しかし自分もまた階段を下りはじめたからだった。

「それ、彼女たちからもらったの？」

「はい、そうです。娘さんが旅行に行かれて、そのお土産に」

「わたしからのはいまだに遠慮するのにね」

低めた声で大谷が言ってきた。それは、と牧野は言葉に詰まる。

大谷は引っ越し当日に牧野の新しい部屋に来た。その折に家具を買ってあげようかとの相手の台詞を、とんでもないと牧野ははっきり断っている。なのに、彼は牧野のいる備品室にしばしば来ては、おなじ話を蒸し返すのだ。

「それは、おれには必要なくて」

「だったら、服は？　そうしたものならきみはもらっているじゃないか」

ひそめた声音で問いかけられて、ますます牧野は返事に困る。

西脇に土産の品をもらうのと、大谷から服を買ってもらうのとでは、どこかが違うような気がする。どうしていいかわからなくて黙っていると「じゃあ、いいね？」と念押しされた。

「いえ、その。いいです。お気持ちだけで充分です」

必死で断れば「きみは本当に遠慮深いね」と苦笑交じりに返された。

（遠慮とか、そういうことじゃないんだけれど）

けれども、うまく自分の気持ちが言えるほど牧野は頭がよくないし、ただ真っ正直にいらないと伝えることしか思いつかない。

「それじゃ、ひとまず服からね」

最後の階段を下りきった場所、通用門の入り口で大谷は立ちどまった。

「あの、それも……」

言いながら振り向くと、すでに大谷はふたたび階段をあがっていくところだった。

追いかけてまで文句をつけることではなく、牧野はうなだれて通用門から外に出る。この時刻、日差しはやわらいでいたけれど、瞬間くらっと目眩《めまい》が起きた。

（あ、れ？　なんか……）

身体が重いような気がする。

（夏バテなのかな……？）

このところ、部長の言動が気になっているせいで、食欲が落ちている。そのせいかもと思った直後、自分のすぐ真後ろから誰かの気配が迫ってきた。

足音でそれが誰かを聞き分ける余裕もなくて、牧野は背中を跳ねあげる。

「え、おい？」

背後の声は関目のもので、そうとわかった瞬間に牧野はほうっと息をつく。

「関目さん……？」

「そうだよ。誰だと思ったんだ？」

とっさに答えられないで、牧野はあいまいに首を振った。

終業後、屋上菜園の世話をして下りてきたから時刻はたぶん六時前。製造部の更衣室は組立工場の脇にあるから、彼がここにいる理由がよくわからない。

「どうして……」

無意識につぶやくと、関目は広い肩をすくめた。

「生産技術の連中と打ち合わせをしてたんだ」

ああ、それで管理棟にいたのかと牧野はうなずく。

「そっちは菜園に行った帰りか？」

関目は牧野が彼女たちのサークルに入っていることを知っている。そうなんですと答えたら、関目は黙って自分の顎をひと撫でした。

なにか言いたげで、それでも言わない間合いが気になり（なんでしょう？）と目線で問えば、相手はおもむろに口をひらいた。

「ああっと、その、な。その服は西脇さんにもらったのか？」

「はい」

「あのひと、牧野がお気にだもんな。そのシャツ……よく似合ってる」

「ありがとうございます」

関目に褒めてもらえるとすごくうれしい。牧野がふわっと表情をゆるめると、関目が微妙な顔をした。

腹を立てているのとは違うけれど、なんとなく気まずいみたいな、不思議な顔つき。

(どうしたんだろ。なにか変なことでも言った?)

牧野はとまどって関目を見あげる。すると、彼は片方の手をあげて、自分の髪をがしがしとかきあげた。

「なんつか、こういうのはよくないな」

「こういうのって……?」

「遠回しに探りを入れるような真似」

ぽかんと関目を見返すと、彼は少し怒ったふうにまなざしをきつくした。

「生産技術課は三階にあるだろう? それで、その帰りに牧野が西脇さんたちに囲まれて、服を脱いでいるところに出くわしたんだ」

だから、なんとなく声をかけそびれたと彼は言う。

「あのひとたちが牧野をえらく可愛がっていることは知ってたし、おまえも照れたふうだったけど、うれしそうな様子だった。そんときは、仲いいなって思っていただけだけど」

そこで、関目は言葉を切った。更衣室へと歩く足をとどめると、牧野の顔に視線を据える。

「あのあと、部長が来ただろう?」

なにを言われるのかわからずに、牧野は硬い表情の男を見返す。

「おまえ、あのひととどうなんだ？」

「どう、って？」

関目がなにを聞きたいのか摑めない。首を傾げると、関目はまた歩きはじめる。そうして、互いに無言のままで組立工場のあたりまで進んでいくと、夜勤のひとが建物脇の自販機でジュースを買っているところと行き合った。

「いま帰りかい？　お疲れさん」

「お先です。ご安全に」

関目が会釈し、牧野もまた「ご安全に」と頭を下げる。

いつもの光景。馴染みの挨拶。組立工場の作業現場から洩れ聞こえるあの音は、牧野がよく知るものだった。

ドライバー、レンチ、ハンマーが奏でている硬い音。力強く、精確で、なにかをつくる喜びと熱意に溢れたあの音は、いつも牧野を勇気づける。

「おれ、ああやって工具の立てる物音が好きなんです。だから、この工場に入れてもらってよかったなあって」

ふっと、自分のそうした気持ちを関目に知ってもらいたくなり、牧野は前を見たまま言った。

「カンカンって、音がするでしょ。そしたら『ああ、あれはおれが前に渡したハンマーの音だ』って。そんなふうに、おれもほんのちょっぴりだけど、ものづくりに関わっているんだなあって。こういうの、センエツっていうのかもしれないけど、すごくうれしくなるんです」

知らないうちに微笑んでいたのだろうか、その顔のまま関目のほうを見あげると、彼が幾度かまばたきをした。

「関目さん……？」

彼の精悍な表情になにかしらとまどいが浮かんでいるような気がする。

（またなにか、おれはおかしなこと言った？）

困ってしまって、関目をじっと見つめていたら、彼は苦笑ともなんともつかない顔をして大きく息を吐き出した。

「牧野は変わんないよなあ」

（あ。顔がやさしい）

関目はどちらかと言うまでもなく迫力のあるほうだ。男らしい、その分きつめの顔立ちは目力があることも加わって、普段は彼の傍《そば》にいるとかるく緊張してしまう。

でも、このときは彼から感じる雰囲気がすごくやわらかくなっていて、目を細めた関目を見ながら牧野も表情をやわらげた。

「万事に控えめで。真面目《まじめ》で、一生懸命で。だから自然と面倒を見てやりたくなるんだけどな」

関目がそう言ったときには更衣室の前まで来ていた。ここは製造作業にたずさわる工員たちが使う場所で、管理棟の人間はこちらに来ない。更衣室には浴場もついていて、工員たちはここで一日の汗を流して帰るようになっている。

入り口で作業靴を脱いでから、牧野が自分のロッカーのある場所まで歩いていくと、関目も一緒についてきた。

「そういや、牧野を風呂場で見たことは一度もないな。いままではどうしてたんだ？」

「寮のお風呂の支度をするのをおれが手伝っていましたから。だから、ここじゃなく、戻ってからお風呂に入るのが習慣になってるんです」

ああ、そうかと関目がうなずく。

「それに牧野は夏でもあんま汗をかかない感じだしな」

そう言う関目は額と頬をうっすらと濡《ぬ》らしている。精悍な彼の姿はそうしたこともよく似合って、それに気づくと牧野の胸がおかしな感じにざわついた。

「そいつはそのまま着て帰るのか？」

知らず、関目をぼうっと見つめていたせいで、すぐには反応できなかった。

「……えと。着てきた服で帰ります」

一拍遅れて牧野が返すと「なんでだ？」と訊ねられる。

「せっかくいただいたものなので、もったいないから取っておきます」

「もったいないって……だったら、いつそいつを着るんだ？」

「その、特別な日とかです」

「特別って？」

「……わかりません」

正直に牧野が言うと、関目がふは、と笑みをこぼした。

「気にせず普通に着てやれよ。そのほうが西脇さんも服も喜ぶ」

関目がそう言うならと、牧野は素直にうなずいた。

「それじゃあ普通の日に着ます」

すると、ふいに関目が表情をあらためた。なんだろうと思っていると、彼は真剣な面持ちで口をひらいた。

「あのな。さっき牧野は部長と階段で話していたろ」

突然話題が変わったために面食らって彼を見返す。そうしてなにかを探るような関目の目つきに気がつけば、なんでもないような話をしながら彼がずっとそのことを考えていたとわかった。

「音はたいてい上にあがるし、俺も耳はいいほうだしな」

大谷はかなり声を低めていたのに、関目はそれらをすべて聞き取ったと伝えてくる。

「牧野はあいつに服を買ってもらうつもりか？」

「違います。おれ、ちゃんと断って」

あせって牧野がそう言うと、わかっていると関目が返す。

「そいつは俺も聞いていた。ま、あっちにそれが通じていたかは疑問だけどな」

それは関目に言われるとおりで、思わずうつむいた牧野の頭に低い声が降ってくる。

「なんか俺にしてほしいことがあるか？」

はっと牧野が視線をあげると、心配そうな男の表情が視界に入った。

「いえ。なにも……」

気遣わせたのがすまなくて、牧野はぶんぶんと頭を振った。

「おれ、ほんと平気ですから」

シャツの裾《すそ》を両手で握って関目に言うと、彼がふっと息をつく。

「牧野はいままでいっぺんも相談してきたことはないよな。俺にはこみいった話をする気にならねえか？」

「ちが、そんなんじゃないんです。心配してもらっただけで本当に充分だって……」

こんなのたいしたことじゃないです、言いながら牧野の脳裏に宝物を収めてある小箱が浮かんだ。

（あれだけでも充分だから）

関目を頼りにならないなんて思ったことは一度もない。その気持ちを目にこめて相手の顔を見つめれば、彼の眸がちかりと光った。

「俺は――」

言いながら、彼が手を差し伸べてくる。そのとき、いきなり背後から声がかかった。

「関目ぇ、おまえ、まだいたんかあ？」

間延びした問いかけに、ふたりのあいだに立ちこめていた空気がいっきに消えていく。

伸ばしかけた腕を引き、関目はくるりと振り返った。

「越田《こしだ》さんとこ寄ってたんすよ」

「てえことは、まった図面の書き直しかあ？」

「いまの設計どおりでいくと、余水ホースの部分からアンローダバルブへと繋《つな》がっているんすけど、あそこんとこの見直しがしたいって、その打ち合わせ」

そのあとは、専門的な話題になって、つづく会話の内容は牧野にはわからない。そのうえ関目の目の前にロッカーの持ち主が来て、彼はそこから動かなければならなくなった。

「牧野、またな」

もうふたりして話をしている状態ではなくなって、彼は片方の腕をあげるとそこから離れる。

(ちゃんと伝えられたかな)

作業服の背中を見つつ、牧野はそうだといいなと思った。

(ほんとだから。頼りにしてる。関目さんを信用してる)

彼は曲がったことをしない。上のひととはたまに喧嘩《けんか》もするけれど、目下の者が失敗しても注意はするが頭ごなしに怒鳴りつけることはない。

仕事に関しても、腕はいいし、頭もいいし、管理棟のひとたちにだって、彼は対等な意見が言える。

そう考えると、自分のことではないのだが誇らしい気分になった。

(心配してくれて、ありがとうございます)

着替えを終えて、更衣室の出口に向かうその途中、牧野は関目を視線で探した。

「わ……」

関目は風呂に入る前なのか、下着一枚になっていた。男の均整の取れた身体が目に入るなり、牧野はすごいと感心しきった面持ちになる。

日に焼けた広い胸板。長い手足。しなやかに筋肉の乗った身体は、ごついという感じではなく、黒ヒョウみたいな大きなケモノを思わせる。

(関目さん、かっこいい)

同性としてうらやましいと思いながら、帰りの靴に足を入れた。

（え……っ？）

靴を履いて、頭をあげると、またもやくらりと目が回る。なんだか顔も火照る気がして、頬に手を添えると、そこが熱を持っていた。

（今日は暑かったから）

きっとのぼせたのだろう。帰って、冷たいシャワーを浴びよう。

牧野は少しふらつく足で、駐輪場を目指して歩いた。

◇　◇

（俺はあのあとなにを言うつもりでいたんだ？）

洗い場の椅子《いす》に腰かけ、泡のついたタオルで身体を擦りつつ関目は思う。

（もっと頼れか？　遠慮せずにおまえのなかにあるものをぜんぶ吐き出してしまえよ、とか？）

牧野は誰にでも感じがいい。穏やかに微笑んで、相手の言葉に真摯《しんし》に耳を傾ける。指示を受ければ、それを果たそうと努めるし、失敗すれば言いわけせずに素直にあやまる。

自分の才知や能力をひけらかすことはなく、努力している事実さえ当たり前に感じている。

千林あたりにすれば、牧野の性質のそんなところが気に入っているのかもしれないが、関目は最近彼らにイラつくものをおぼえる。

のほほんと行儀よくおしゃべりし、ほどほどに距離を置いて仲良くしている。そうした様子を遠目に見れば、無性に苛立ちがこみあげてくる。

(楽しそうにしてやがるけど、そんなもんでいいのかよ。俺ならもっと——)

そこから先がなんなのか、関目はいつもわからない。そして、もやもやとした腹のあたりが気色悪い。

(そんな上辺のつきあいでいいのかよ。牧野も牧野だ。そう簡単に隙のある笑顔を見せんな)

矛盾だらけで自分勝手な腹立ちと知っていて、なおも関目は波立つおのれの内面を鎮めることができないでいる。

(牧野はまだ子供だと思っていたのに)

あのちょっと不思議なまなざしの少年は、いつの間にか二十歳になって、上司に目をつけられるようにもなった。牧野と大谷は階段の上にいる関目には気づかないでいたようだったが、こちらは彼らのやりとりが聞こえていたのだ。

わがもの顔に話しかける大谷は猫撫で声を出していたが、その裏に卑しい心情が透けて見えた。

どうして牧野はもっときっぱり撥ねつけないのかと身勝手に思いはしたが、同時にそれはむずかしいとも知っている。

牧野は工務部の下っ端で、大谷はその部を統括する人間だ。親身になっている姿勢をよそおって近づかれたら、相手を意固地に拒絶するのは無理だと思ってもしかたない。

（……に、しても、なんで俺はこんなにむかむかしているんだ？）

牧野はおそらく大谷になにかを買ってもらうことはないだろう。彼はああ見えて結構頑固なところがあるから、そのうち大谷もしらけるか、根負けしてあきらめる。

あれはたぶんおのれの優越感を満たす道具に牧野を使っているだけだ。身寄りのない可哀《かわい》相《そう》な牧野に自分が憐《あわ》れみをほどこしてやるのだと。

（だけど、それは俺もおなじか？）

突然よぎったそんな想いに関目は頬を歪《ゆが》ませた。

牧野は気の毒な身の上だから、機会があれば親切にしてやっていい。そんなふうに上から牧野を眺めていたから、似たようなことをする大谷を見せつけられて不愉快に感じているのか？

そうではないとは思ったが、だったらなにかと問われても答えが出ない。

（ええい、くそ）

腹立ちまぎれに関目は洗面器に水を溜《た》め、頭からそれをかぶった。

「うわ、関目。俺んとこまでかかったぞ」

「あ。悪い」

あやまってから、関目は眼前の鏡に映る自分の顔を睨みつける。ところどころ曇った鏡面に映ったそれは、あてどない苛立ちに満ちていた。

（まったく、ろくでもねえ）

内心で舌打ちしたが、それが大谷に向けたものか自分へのものなのかはっきりしない。

「とりあえず、様子見だ」

低く独語して、関目は鏡から視線を外す。

ひっそり暮らしたがっている牧野の意思を尊重し、自分からは不用意に踏みこまない。それは関目がおのれに課した決めごとで、そうしなければ、健気《けなげ》に懸命に生きている牧野をいつか――。

その先を考えまいと、関目はぎゅっと目を閉ざし、自分の心に蓋をした。

（大谷と、俺とは違う）

牧野は可愛い弟分で、それ以上でも以下でもない。

こののちも絶対にそうあらねばならなかった。

◇　◇

（……いま、何時だろう）

布団のなかで牧野はぼんやりと考えて、棚の時計を目で探す。まだ熱が下がりきらない身体はだるく、頭もなんだかぼうっとしている。

（もう三時？）

それでは、すでに何時間も寝ていたのだ。昨日、仕事が終わったあとで感じていた身体の不調は、やはり本物だったらしい。夜になると熱が出て、それが少しも治まらなかった。

体調が悪くなると、普段はことさら感じていない不安が外に出てきてしまう。

（こわ……怖い、苦しい……）

理由もないのにただ怖く、震える両手で掛け布団を握り締め、のしかかる重圧に必死で耐える。

（大丈夫。これは、きっと熱のせい）

こんなとき、家族がいてくれたらどうだったのか。そんなことをいま考えてもしかたない。

ない。

父さんだったら、会社から帰ってきてから母さんに具合はどうだと聞いてくれたかもしれない。

か？』と訊ねてくれたかもしれない。

少しおしゃまな小学生の妹だったら、心配そうに布団の傍にやってきて『まぁだ、だやい

（明香里……父さん……）

（……母さん）

そしたら母さんは、あとで様子を見にいくからと父さんをなだめたあとで、牧野の部屋をそっとのぞいてくれただろう。そうして額に手を当てて『まぁだ、ちょっこし熱があるちゃ』と顔を曇らせ、おでこに貼った熱さましを取り替えたに違いない。

『あんさま。まぁ辛抱して今夜は寝られ。薬が効いたら、まっで楽になるがいね』

やわらかにひそめた声。やさしく触れてくる細い指。

「……ふふ」

考えてもしかたがないと思ったのに、こうしてみんなのことを思い浮かべる自分が可笑《おか》しい。悪寒にぶるぶる全身を震わせながら、それでも牧野は微笑を浮かべる。

（思い出しても、泣かないおれは薄情なのかな……）

だけど、家族を喪ってから牧野は一度も涙を流したことがない。哀《かな》しいと思うほど、いまだに感情が追いついていないのだ。

そのことで叔父からは冷たいやつだと言われたこともあったけれど、号泣したくなるような気持ちにはなれなかった。

薄曇りの昼下がり。窓の向こうから聞こえてくる音のほかは、台所にある冷蔵庫のモーター音、それに時計の秒針がチッチッと進む音だけ。

(工場の、あの音が聞きたいな)

熱意のこもる硬い響きを。関目の使う、力みなぎる工具の音を。

思ううちにまたいくらか熱があがって、うとうとしながら何時間くらい経ったのだろうか。

ふいに玄関のチャイムが鳴って、はっと牧野は目蓋《まぶた》をひらいた。

(え。誰……?)

気がつくと、窓の外はすでに暗くなっていた。こんな時間に誰だろうかと訝《いぶか》しく眉をひそめる。そのあいだにもふたたびチャイムが鳴らされて、牧野は気だるい半身をどうにか起こした。

「はい……誰ですか?」

ふらつく足取りで玄関まで行って、訊ねる。すると扉の向こうから男の声が返ってきた。

「わたしだよ。ここを開けてくれないか」

(……大谷部長⁉)

以前もそっくりこれとおなじことがあった。驚きながら、牧野が玄関の鍵《かぎ》を外すと、大谷がドアをひらいた。

「具合はどうだい？」

「あ。えと、ずいぶんましになりました」

昼間よりかなり熱が下がった気がする。ただ、いまだに身体は重だるく、頭のなかもぼんやりしていた。

「それはよかった。だけど、まだつらそうな様子だね。わたしに気兼ねせず、布団のなかに戻りなさい」

上司がどうしてここにいるのか。なぜ命令をされているのかわからないまま、牧野はふらふらと指示に従う。熱のせいでなにかを考える力は低くなっていたし、実際身体もだるかった。

「そうそう。そうして寝ていなさい」

牧野がふたたび横たわると、布団をかけ直した大谷がとんとんとそこを叩く。弱った身には、やさしい気遣いがありがたく、牧野は熱でかすれた声で礼を言った。

「ああ、いいんだよ。ここに来る前、連絡をしようと考えたんだがね、届け出の番号は寮のそれだったから」

「すみません……まだ携帯を買っていなくて」

粟津工業に入社したばかりのころは、携帯を持てるほど生活に余裕がなかった。会社のひとからの連絡は、独身寮のピンク電話にかけてくれれば呼び出してもらえたし、そうでなくても翌日工場で用事を聞ければそれでよかった。

さほど不自由を感じないまま五年が経って、牧野は『いまどき』と言われるくらいそちらの方面は遅れていたのだ。

「いいんだよ。そういうところもきみらしい。携帯くらいわたしが買ってあげるから、いまは休息を取りなさい」

なにか引っかかる部分があったが、消耗した心身は男の言葉を流してしまった。

「風邪なんだろう？　薬は飲んだ？」

「はい。飲みました」

どれかと聞かれて、枕元《まくらもと》に置いてある処方された袋を指差す。朝いちばんで病院に行き、牧野はそこから会社に休むと電話したのだ。

「喉が渇いているだろう。わたしが水を飲ませてあげるよ」

いいですと言う前に、大谷が持ってきたコンビニの袋から水のペットボトルを取り出した。

「ほら。こうして……ね」

肩を摑まれ、上体を引き起こされて、ぐっと男の胸元に引き寄せられる。

けれども、牧野がそんなふうに寄りかかる姿勢になると、相手の鼻息がなんだか荒く感じられる。それがすごくうとましく「離してください」と言おうとしたら、口にボトルの飲み口を突っこまれた。

「さあ、飲んで」

上半身をがっちりと固められ、身動きができないままに水が口内にそそがれる。どっと喉奥に液体が入っていって、牧野は背筋を震わせた。

（く、苦し……っ）

飲みきれない分は顎を伝って胸へと流れる。なのに大谷がふたたびボトルを傾けるから、牧野は喉をごぼりと鳴らして身悶《みもだ》えた。

「や……離し……」

顔を背けて洩らした声は、われながら力が弱いように感じた。もがいても、男の腕を撥ねのけられずに、またしても抱き寄せられる。

「駄目だよ、暴れては。パジャマがずいぶん濡れただろう。替えてあげるから、おとなしくしていなさい」

間近にある男の眸が嫌な感じに光っている。思わずぞっとして、牧野は「嫌だ」と口走った。

「だけど、このままじゃきみの身体に障るだろう。いい子だから言うことを聞きなさい」

ボトルを畳の上に置き、あらためて男の指が牧野に向かう。

（や、やだ……っ）

大谷は屈強な身体つきではないけれど、牧野とくらべると体格差ははっきりしている。まして肉体が消耗しているこのときは、あらがってもかなわずにパジャマの上着を脱がされた。

「まだ熱が残っているね。胸のあたりがピンク色だ」

心配そうな声色ではない。むしろ牧野が苦しがっていることを悦《よろこ》んでいるような粘ついた響きだった。

「し、下も脱がせてあげるから」

会社では威厳に満ちた工務部長が、舌をもつれさせて牧野のズボンに手をかけてくる。このあり得ない状況に、牧野は青褪《あおざ》め、本能的に逆らった。

「やめてください……！」

「いいから、じっとして」

布団の上に転がされ、太腿《ふともも》あたりの布地を両手で摑まれる。そのままひと息にズボンを引きずり下ろされて、下着一枚の姿にされた。

「動いちゃ駄目だ。身体を拭《ふ》いてあげるから」

そう言いつつも、男の手にはなにもない。腿の上を手荒く擦られ、怖気《おぞけ》だって視線を向ければ、いつものスマートな雰囲気などかけらもない卑しげな表情が眸に映った。

（お、叔父さん……⁉）

この表情には見おぼえがある。これはいったい誰なのだろう。

あの東京のアパートに引き戻された気持ちになって、牧野は唇を震わせた。

「そうだ。そうやって、おとなしくしていなさい。わたしがきっと悪いようにはしないから」

はあはあと吹きかけられる相手の息がものすごく気持ち悪い。胸や腿の上を這う手のひらの感触も寒気がするほど気色悪くて耐えられず、胃袋がよじれるような感覚がした。

「はなし……っ、ぐ、うっ」

言葉の途中で、なにかの塊が喉からせりあがってくる。

こらえきれず、身を縮めるなり牧野は布団に嘔吐《おうと》した。

「うわ……!?」

男があせった声を出し、のけぞって身を離す。それを見届ける余裕はなくて、またも背筋を震わせながら、さっき大谷に飲まされた水と胃液とを吐き出した。

「き、きみ……!?」

「……帰ってください」

吐いても少しも気持ち悪さは治まらず、波のように嘔吐感が襲ってくる。横倒しに身を縮め、何度も何度もえずきながら、牧野は言葉をくり返した。

「帰ってください」

吐しゃ物にひるんだのか、大谷はあわてた様子で後ずさり、走るように玄関へと向かって

いった。

(……関目さん)

ドアが閉まり、足音が遠ざかり、それが完全に消えてしまうと、心のなかにその言葉が浮かびあがった。

(関目さんの声が聞きたい……)

そうすれば、牧野はきっと元気になれる。頑張れよって言ってくれたら、牧野はまた頑張れる。

やさしいひと。強いひと。牧野が憧《あこが》れているひとが、ぽんぽんと頭を撫でてくれたなら、牧野は笑顔になれるから。

布団を汚して、だけどすぐには起きあがる気力のないまま、牧野はいまここにはいない男の面影を思い浮かべた。

◇　◇

翌日、牧野は食堂に行かなかった。どうにか起きて工場には来られたものの、食欲はまったくない。

牧野の顔色を見て、田辺が医務室に行ってはどうかと勧めてはくれたけれど「そこまでしなくても平気です」と礼を言って手を振った。

そうやって、いっときは気を張り詰めていたものの、結局はたらいているうちに貧血が起きてきて、牧野は動けなくなってしまった。

「奥にダンボールを敷いたから。そこでしばらく休んでいなさい」

田辺の手を借りて薄暗い通路を歩き、数枚重ねて広げてあったダンボールにへたりこむ。

「工務部長が備品室にやってきたら、牧野は席を外してますと、適当に断っておくからね」

田辺は昨日の一件は知らないけれど、しばしば大谷が備品室に顔を出すのは承知している。部長の相手は具合の悪い牧野には負担だろうと、思いやってくれたのは本当にありがたかった。

「すみません。それでは少しだけここで休ませてもらいます」

仕事をさぼったかたちになって申しわけないのだけれど、あのまま部屋で寝ているのも、ここで大谷と顔を合わせることになるのも、牧野は怖くてしかたがなかった。

（……だけど、昼からはちゃんとする）

自分は男だし、明香里の『あんさま』なんだから。こんなことで、くじけてなんかいられない。そう……もう少しだけ休んだらましになるから。

照明の届かない備品室の片隅でうずくまり、牧野は構内の音だけを聞いて過ごした。そうして昼休憩のブザーが鳴って、十五分ほど経ったとき。

「牧野くん」

声とともに足音が近づいてくる。反射的にびくんと肩を跳ねあげて、それからほっと息をついた。

「千林さん……」

「会社には来ていると聞きましたけど」

言いながら、スラックスにつつまれた膝を折り、彼が牧野を正面からのぞきこむ。

「まだつらそうな様子ですね。付き添いますから、ぼくと医務室に行きますか?」

「あ、いいんです。もう平気になりましたから」

言った直後、作業靴の音とともに、少し先から男の声が降ってくる。

「平気なもんかよ。そんなツラして」

背の高い、作業服のシルエット。逆光で関目の表情は見えないが、不機嫌そうなのは声音で知れた。

(怒ってる……?)

午前中はまともにはたらいていなかったのを、不快に感じているのだろうか。

「すみません。おれ、さぼってて」

「そういうことを言ってんじゃねえ。具合が悪いなら、どうして家で寝てねえんだよ」

強い口調に自然と牧野の肩が窄《すぼ》まる。もう一度すみませんと言おうとしたら「まあまあ」と横から千林が口をはさんだ。

「昼食を済ませてすぐに様子を見に来たんでしょう？　心配なのはわかりますけど、畏縮させてどうするんです。午後休を取るにしても、ここはまず医務室に行ってから……」

「あの。医務室に行かなくたって大丈夫です。少し身体がだるかっただけなので。午後からは、おれちゃんとはたらけますから」

彼の言葉をさえぎるように、口早に牧野は言った。

千林の気遣いはうれしいけれど、医務室は管理棟のなかにある。できればそちらへは行きたくなかった。

「でも、牧野くん」

「ちょい待てよ」

千林と関目の声が同時にする。とまどう表情の千林の横に来て、関目も牧野の向かい側にしゃがみこんだ。

「おまえ。なんかいつもとは違うよな？」

強い視線に、牧野の心がおぼえず揺れる。つい目線を泳がせたその先で、関目が怖い顔をした。

「なにがあった？」

問いかけられて、嘘《うそ》も本当のことも言えずに、牧野は顔をうつむけた。

「どうしてなにかあったとか、わかるんですか？」

これは千林が関目にした質問で、硬い声音が「わかるさ」と返事する。

「顔つきも、雰囲気も、声だっていつもとは違うだろ。ただ具合が悪いって感じじゃねえ。伊達《だて》に五年も一緒にはたらいているんじゃねえんだ。なんか違うってすぐわかる」

関目が言いきれば「なるほどねえ」と感心したように千林がそれに応じる。

「そういえば、いつもは出ているほわほわオーラを感じませんね」

「やっぱ、んだろ？　こりゃ絶対にいつもと違うなにかがあるんだ」

ほら言えとうながされ、牧野は困って固まった。

「下を見てないでこっち向け。そんで、わけを話すんだ」

厳しい声で命じられ、おずおずと面《おもて》をあげる。睨む目つきに射すくめられて、牧野は唇を噛《か》み締めた。

「んなふうな顔すんなって。俺は牧野に怒っているんじゃないんだぞ。ただわけを知りたいって言ってるだけだ」

それでもなお黙っていたら、関目が表情をやわらげる。

「言わないと、わかんないだろ？」

けれども牧野は口をひらくきっかけが掴めない。関目を信用してはいるが、昨日のことをどう言えばいいのかがわからないのだ。

ゆうべのあれこれは、自分にとってはショックな出来事であったけれど、あらためて考えると大げさに反応しすぎのような気もする。

あのことを簡単にまとめてしまえば、上司が部下の見舞いに来た。牧野の心情はともかくも、ただそれだけのことなのだ。

「……風邪をひいて、熱がまだあったから……そのせいなのかもしれません」

低い声でつぶやくと、関目から「なにが？」と問われる。牧野は踏ん切りがつかなくて、またも下を向いてしまった。

「牧野」

「関目くん。牧野くんに無理強いしてはいけませんよ」

たしなめる語調のあとで「こっちを見て」とうながされる。牧野がそれに従うと、千林が眼鏡の奥の眸を細めた。

「はい、結構。それじゃ、ぼくから提案です。きみはこの前関目くんにアイスをおごってもらいましたね？　その借りをたったいま、返してあげてくれませんか」

「おい、千林？」

訝る関目にはかまわずに、にっこり笑って千林が言葉を綴《つづ》る。

「牧野くんはいい子ですから、恩知らずな真似なんてしないでしょう？　いったいなにがあったのか、彼にちゃんと教えてあげてくださいね」

「あ、あの」

「ついでに言えば、休憩時間も残り少なくなっています。昼からの業務時刻にぼくを遅らせたくないのなら、すみやかに話しましょうか？」

隣で関目が「……腹黒」と唸ったけれど、ようやく牧野は彼らに昨日の出来事を打ち明ける気持ちになれた。

「じつは昨日、おれが部屋で寝ていたら、大谷部長がたずねてきて――」

すべてを語ると、彼らはそれぞれの表情でうなずいた。

「あのクソ上司。牧野になにしやがんだ」

苦いものを噛んだみたいな顔をして、関目が眉間《みけん》を険しくする。

「状況的には普通にアウト。主観的な感想を言わせてもらえば――なにやってんだこの野郎――ですかね」

いかにも嫌そうに千林が唇を曲げて言う。

「ですが、この件を問題提起できるかと言いますと、じつに微妙な感じですね」

「たしかにそうだ。嫌なことにな」

千林の台詞に応じて、関目が肩をすくめてみせる。

「やつはうまく立ち回ってる。その場にいなければわからないニュアンスは立証するのがむずかしい。状況だけを捉《とら》えるのなら、さほど問題がないように言い抜けすることもできるしな」

「残念ながら、そうですね」

ふたりが意見を交わしたあとで、関目が牧野に視線を向ける。

「おまえはどうしたい？　やつを訴えてやりたいか？」

牧野は横に首を振った。

「おれは訴えるとか、そんなのいいです。パジャマを脱がされたのだって、おれは男だし、あとになって考えるとそんなに変じゃないのかなって」

ゆうべのことが怖くて嫌なのは本心だったが、時間が経てば経つほどに、自分の思いすごしじゃないかと迷う気持ちが生まれていた。しかし、関目は「そうじゃねえよ」と牧野の目を見て言葉をつづける。

「あいつのしたことは充分変だ。男だから平気とか、そういうのじゃない。完全におかしいのはあっちのほうだ。牧野にはなにひとつ落ち度はない」

きっぱりと言いきられ、その言葉が沁《し》みたとたん、胸いっぱいを覆っていた黒いなにかが剝《は》がれて落ちた気持ちがした。

（関目さんはおれの話を信じてくれた。そのうえ、おれは悪くないって）

それがなにより牧野はうれしい。

「おれ、打ち明けてよかったです。話を聞いてくださってありがとうございました」

感謝の想いを牧野が述べれば、関目は微妙な顔つきで自分の顎をひと撫でした。

「んで、つぎは？」

「え、あの……つぎって？」

「ありがとう。はいおしまいか？」

聞かれた意味がわからずに、牧野はきょとんと彼を見あげる。

「あ。えっと……」

自分の態度に誠意が足りていなかったということだろうか。牧野はダンボールに正座して、ふたりに深々とお辞儀した。

「信じてもらってすごくうれしかったです。肩を持ってもらったことも。関目さん、千林さん、本当にありがとうございました」

そう言ってから頭をあげると、彼らは妙な表情になっていた。

（あれ？　違った……？）

じゃあ、どうすればと迷っていたら、向こうもなんだか困ったふうに言ってくる。

「えとな、牧野。頭を下げろというんじゃなくて、俺になにか頼みたいことはないか？」

「頼みたいこと……？」

そう言われても思いつかない。首を斜めにまばたきしたら、関目がため息を吐き出した。

「だったらこっちから言うけどな。俺は今晩からしばらくは牧野の部屋に泊まりこむ。この工場への行き帰りも一緒にするから」

「え？　……どうしてですか？」

意表を突かれて、牧野の目と口とがひらいてしまう。関目は「これだから」とつぶやいて、ぐっと身を乗り出した。

「俺がべったり張りついていりゃ、部長だって手が出しにくい。おかしな雰囲気で寄ってきたら、俺がすぐに気づくしな。寮にいたとき部長が押しかけてこなかったのは、他人の目があったお陰だ。ああいうやつは保身的で小狡《こずる》いからな。牧野が独りぼっちでなけりゃ、ちょっかい出すのも控えるはずだ」

「で、でも」

ためらう気持ちを顔面に表わせば、関目が眉間に皺《しわ》を寄せて聞いてくる。

「俺がおまえに張りついてんのは鬱陶しいか？」

「え、いいえ。そんなことはまったくないです」

牧野のそれは本心だった。こうしたときに関目が一緒にいてくれるのは、正直言えばほっとする。

「だけど……ご迷惑じゃないですか？」

そこはどうしても気になったので念押しすると、関目がきっぱり否定する。

「迷惑だったら、こんなことを言い出しゃしねえよ。つか、このまんま見て見ぬふりをしとくほうが気色悪い」

黒い眸でこちらを見据える関目の表情は真剣で、牧野の反論をいとも簡単に封じてしまう。

「牧野はこれまで一度だって、俺になにか頼みごとをしたことはないだろう？　だから、あんましこっちから押しつけがましくするのもなって、遠目に見てたとこがあった」

だけどやめたと、関目がこちらに強い視線を向けてくる。その迫力に圧倒されて、牧野はこくりと唾《つば》を呑んだ。

「あんなやつに牧野をいいようにされてたまるか。もうこうなったら、とことんおまえの面倒見てやる」

これで話は決まったというように、関目はさっさと腰をあげると、牧野たちに背中を向ける。棚のあいだを大股で何歩か進んでいったあと、彼は上体を後ろにねじり、顔だけをこちらに向けた。

「いいか、牧野。仕事が終わっても先に帰んな。更衣室で俺を待っとけ」

そう言い置いて、関目は仕事に戻っていった。

「すごく張りきっていますねえ」

ふたりになると、千林がくすくす笑い、それからふっと表情を引き締めた。

「だけどまあ、彼の気持ちもわかりますよ。ようやく出番が来たってところなんでしょうから」

「え……？」

「ああいえなんでも。それじゃぼくは戻りますが、もっと具合が悪くなってくるようでしたら、遠慮なく内線で呼び出してくださいね」

（だけど、それは迷惑なのでは）

ためらいが顔に出た牧野の前で、千林はにこやかに微笑みながら自分の内線番号を伝えてきた。

「意地を張って突っぱねるより、自分に向けられる他人の気持ちを受け入れる。これもひとつの勇気ですよ」

そうして千林は食事を終えて持ち場に姿を現した田辺をつかまえ、ふたりでどこかに行ってしまった。

（これも、勇気……）

千林の言うとおり、こうしたときに差し伸べてくれた手をかたくなに撥ねつけるのは、むしろ見苦しいことなのだろう。

いまは彼らの気持ちを感謝して受け入れる。そしてこの恩を、いつかなにかで少しでも返せたら。

そう念じる牧野の上に午後の業務開始を報《しら》せるブザーが鳴り響いた。

◇　◇

そして終業後、言われたとおり更衣室で待っていると、関目が姿を現した。

「身体のほう、具合はどうだ？」

「大丈夫です。田辺さんが無理しないよう気を使ってくれたので。朝よりずっとよくなりました」

「そっか。じゃあもうちょっとだけ、着替えるまで待っててくれ」

こくこくとうなずけば「座っとけ」と関目が丸椅子を持ってくる。親切だなあと牧野が腰かけて思っていると、関目はすばやく着替えを済ませ、ロッカーからまとめた荷物を取り出した。

「んじゃ行こか」

あらためて関目を眺めて気づいたが、彼は顔だけを更衣室前の手洗い場で洗ってきたのか、髪の先が拭ききれずに濡れている。

「急がせてすみません」

更衣室を出しなに牧野があやまると、関目は「いつもこんなだ」とぶるっと大きく頭を振った。

髪から滴を飛ばす仕草が動物っぽい。思わず牧野が目を見ひらくと、そっちに飛んだかと関目が聞いた。

「あ、いいえ」

関目の私服は黒いTシャツにジーンズで、手にはバッグと長袖のジャンパーを提げている。逆三角形の上半身も、長い脚も、光を弾《はじ》く濡れた髪も、牧野の目にはまぶしく映る。

「どこに行くんだ。こっちだぞ」

ぼうっとしながら、駐輪場へと足を向けたら、関目が親指を違う方向に示してきた。

「チャリは置いとけ。今日は車で帰るから」

関目がジーンズのポケットからキーを取り出し、指で摘《つ》まんで牧野に見せる。

「レンジローバー・イヴォーク。あいつから借りたんだ」

「あいつって……千林さん？」

「俺のはバイクだし、今日は牧野のメットもねえしな。それに、荷物を運ぶには車のほうが都合いい」

千林の乗用車は大きくて、座る位置もずいぶん高く、ボディは白色で四角っぽいかたちをしていた。

見慣れない車を前に牧野が感心していたら、関目がドアを開けてくれて、乗れるかと聞いてくる。

(子供扱いされているんだ)

大丈夫ですからと言いながら、牧野は少しだけ可笑しくなった。

(おれはもう二十歳なのに。やっぱりこのひとには、おれがこの工場に入ったころの印象が強いのかなぁ)

初対面では、中学校の制服姿も見られていて、幼い牧野の姿が消えきれていないのだろう。第一印象は強く残るものだからと、助手席でシートベルトを締めながら牧野は納得する気持ちになった。

そうしてまもなく走り出した車内では牧野の体調を気遣ったのか、関目は特に話しかけることをせず、牧野もまた身体のだるさを残していたからぼんやりとしているうちに、いつしか目的地に着いていた。

「この近く、車を置いとく場所とかあるか?」

関目のアパートに立ち寄ってから、牧野のマンションの直前まで来たときに、運転席から彼が訊ねた。

「あ。この先を左に曲がったところにパーキングがありますが」

牧野の指示どおりコインパーキングに車を駐《と》めると、関目はハンドルに手を置いたまま横に視線を流してきた。

「なあ、牧野。俺は強引におまえの部屋へ行くことにしたけどな」

自分の考えを自身でも確かめているように、関目はゆっくりと言葉を発する。

「トラブルがあったのは、昨日の今日だ。他人を部屋にあげんのは苦痛じゃないか？」

「いえ、平気です」

きっぱりと牧野は言った。これがほかの男だったらためらいもするけれど、相手はなにしろ関目なのだ。苦痛なんて思いもよらない。

「俺とメシ食って、おなじ場所で寝るのも平気か？」

「はい。もちろん」

こっくりとうなずくと、関目はハンドルから手を外し、身体ごと牧野のほうに向き直った。

「おまえの部屋に行く前に、これだけは言っておくから」

「はい？」

「俺は牧野を裏切らない。絶対だ。約束する」

強さを秘めたまなざしが牧野の眸をじっと見つめる。

「……知っています、よ？」

ことさらに約束してくれるまでもない。牧野は関目を信頼している。なのにわざわざ告げてくる関目の気持ちが測れずに、小首を傾げて見返した。

「知ってます、かぁ」

言うなり、どっと関目の肩から力が抜ける。それからまもなく、なんだかなあといったふうな顔をして、関目は正面に向きを変え、シートの背にもたれかかった。

「牧野だよなあ。うん、ほんと」

独りで納得してつぶやいてから、関目はかすかにため息を吐き出した。

「……んじゃまあ、行こっか」

うながされて、牧野は自分の部屋に戻った。ここの間取りは、玄関を入ってすぐに台所。左手には洗面所と、トイレと、浴室。台所の奥にはふたつ和室があって、その突き当たりはベランダだ。

「ただいま」

最初の和室に置いてあるカラーボックスの前に行き、いつものように両手を合わせる。

「今日は会社の関目さんが来てくれたんだ。しばらく一緒におれと暮らしてくれるんだって」

「あー、関目です。よろしくっす」

横に座って、関目も拝む姿勢になる。三つの位牌が誰のものかは説明なしでいたけれど、関目も聞きはしなかった。

「シャワー浴びたら、牧野は寝てろよ。そのあいだに俺がメシをつくるから」

「え。いいですよ。おれつくります」

お客さまなのに、そんなことはさせられません。牧野が言っても「体調の悪いやつは休んでろ」と押しきられた。

結局、牧野は先にシャワーを浴びてから、部屋着に着替えた。暑い時季でも長袖のシャツなのは、牧野が寒がりの体質だからだ。髪を拭いて、脱衣所兼洗面所から出ていくと、台所のレンジの前で関目がこちらを振り返る。

「白メシとか、卵とか、ここん家《ち》にあるもんを使わせてもらったぞ」

「あ、はい」

「なけりゃコンビニに行こっかと思ってたけど。ありもんでなんとかなった」

関目がつくってくれたのは、インゲンと、ニンジンと、ショウガの入ったオムライス。スープは、オクラとトマトを具にしたコンソメ味だ。

「俺はシャワー。おまえは先に食っとけよ」

つくった料理を座卓に置いて関目は言ったが、牧野は彼がシャワーを済ませて出てくるまで、皿のものに手をつけようとしなかった。

「なんだ。律儀に待っていたのか」

べつにいいのにと言いながら、座卓の前に腰を下ろす。関目は大きなスポーツバッグに日用品を入れてきていて、半袖Tシャツにスウェットパンツの着替えもそこから出したようだ。

「冷蔵庫には、オクラとショウガはなかったかと思うんですが。関目さんが持ってきてくれたんですか?」

「おぅ。当分あっちにゃ帰らねえから、生もん淩《さら》えて持ってきた」

さあ食おうと関目が言うので、牧野はついていたテレビを消した。

「……なんでしょう?」

「ああ、いや」

関目はなんとなく不思議そうな顔をしている。牧野が手を合わせ「いただきます」と頭を下げると、それはさらにあきらかなものへと変わった。

「なにか、変ですか?」

「あーべつに。ただ、なんつうか行儀がいいと思ってな」

牧野はちょっと考えて、テレビのリモコンに手を出した。

「ごめんなさい。テレビは点けておくほうがいいんですよね?」

「や、いいよ。牧野とだべってメシ食うほうが美味《うま》いよな」

おおらかな関目の笑顔に安堵《あんど》をもらい、スプーンを取りあげた。

「……美味しい」

みじん切りの野菜が入った炒《いた》めご飯はショウガの味が利いていて、そのうえに広がっているとろりとした半熟卵とよく合っている。初めて食べる料理だけど、本当に美味しかった。

「残さず食えよ。身体があったまるからな」

「関目さんて、料理がじょうずなんですね」

「独り暮らしが結構長いし、その前もメシ当番をしてたしな」

「その前って……実家ですか?」

「そ。俺ん家は大家族でさ。親はふたりともはたらいてたし。メシは当番制だった」

「ご兄弟は?」

牧野が聞くと、男らしい関目の顔に困ったような色が浮かんだ。

「あー、いや……」

言いにくそうな関目の様子に、一瞬身内になにかがあったかと思ったが、ばつの悪そうな表情に(あ。そうか)と気がついた。

家族を亡くした牧野の前で自分の身内の話をするのはどうなのかとためらったのだ。

「おれね。屋上菜園のメンバーに入れてもらっているでしょう?」

突然話題が変わったせいで、関目はあいまいな顔をして首を振る。

「あそこでは西脇さんとか皆さんが、気ままにおしゃべりするんです。上司があんなこと言ったとか、ゆうべのドラマの内容だとか、今晩のおかずはなんにしようとか。それから、ご主人がむかつくことを言ったから喧嘩したとか、お舅《しゅうと》さんが気むずかしいとか、息子さんの受験で頭が痛いとかって話もするけど、みんな自分の家族のことが好きなんです。それがちゃんと伝わってきて、おれはそういうの聞かせてくれるのいいなって」

だから、気にしなくてもいいのだと、牧野は視線で関目に告げる。

「……俺ん家は兄弟が五人いるんだ。男、男、俺と来て、弟、妹。俺がうんとガキのころは、祖父さんと祖母さんもいたからな。ぜんぶで九人の大家族。なんてこたない下町の一角にひしめき合って暮らしてた」

牧野の気持ちを汲《く》んでくれて、関目が身内の話題に触れる。

「弟と妹は、上の男兄弟たちとはかなり歳が離れているから、俺が結構面倒見てた。そんときに家のこともひととおりは身につけたから、独り暮らしも苦労はねえな」

「関目さんて、いいお兄さんだったんでしょう？　そんな感じがしますから」

「でもねえよ。たまに実家に顔を出したときなんか、やたらとあいつらが絡んできて鬱陶しい」

口では嫌そうに言うけれど、弟や妹になつかれて、結局相手になっている関目の様子が目に浮かぶ。

（関目さんもその子たちの『あんさま』だもんな……）

思うと胸がしくりと痛む。ふいに足元がおぼつかなくなった気がして、牧野はふるっと頭を振った。

「それはともかく、牧野とはしばらく一緒に暮らすんだしな、俺に対して丁寧語とかいらねえぞ」

言われて、牧野は「でも」とためらう。

「おれは東京に来てしばらくはこっちの発音ができなくて……なんとかなったのは、さいたま工場に入ってからです。でも、あそこでは周りのひとたちがみんな年上だったから、自然と丁寧なしゃべりかたになってしまって。五年かけて身につけたものだから、そう簡単には崩せません」

「だったら、富山の言葉でいいぞ」

関目の勧めに、牧野は「はい」と言えなかった。

上京してきたばかりのころは、クラスでさんざん方言を笑われた。関目に悪気がないことはわかっていても、その折の記憶が牧野を尻込《しりご》みさせる。黙っていたら、関目がなだめる笑顔を見せて「さっきのは取消しだ」と言ってきた。

「べつになんでもかまわねえから。それよか、牧野。そっちのスープ飲んじまえ」

関目から飲みかけの皿を指されて、急いでスプーンを持ち直す。そのあとは黙々と料理を片づけ「ごちそうさま」と食事を終えた。

「皿洗いはこっちでするから。牧野は早く横になれ」

布団はどこだと関目に聞かれ、自分で敷くと言ったけれど、結局彼が手早く寝具を畳に広げた。

「おまえのこったから、寝る前の挨拶もちゃんとすんだろ。それが済んだら、眠たくなくても布団に入れよ」

関目の言うのが、家族の位牌へのことだとわかる。牧野はこっくりうなずいたのち、気になることを聞いてみた。

「それじゃあ、このあと関目さんは？」

「俺はテレビの音を絞って観てるから。襖《ふすま》閉めときゃまぶしくないだろ？」

さらにそのあとはどうするのだろう。それに考えが至らずにいたのはうかつだったが、牧野の部屋には布団がひと組しか置いていない。

「関目さんも、寝るときはおれの布団で寝てくださいね？」

それがいちばんいいだろうと思って言ったら、関目が（えっ）という顔をした。

「……あーと。俺は適当にやっからいいよ。今日のところは畳に転がって寝る気だったし」

「だけど、関目さんはこの家のお客さまなんですから。それならおれがテレビの部屋でバスタオルかなにかかぶって」

「ばっか。おまえはつい昨日まで熱が高かったんだろう？　布団で寝ろ、ちゃんと布団で」

怖い顔で叱《しか》られて、牧野の肩が窄まった。

「でも、関目さん……」

関目は牧野のためを思って、こうして部屋に来てくれたのだ。なのに、彼だけ畳に寝かせることはできない。

こわごわ視線をあげてみると、不機嫌そうな表情が真向かいにある。しばらくそうして見つめ合っていたあとで、彼はハアッと息をついた。

「気になって、寝られないか？」

牧野は縦にかぶりを振った。

「そんじゃ、端っこに入らせてもらうから」

「あ、ありがとうございます！」

「いーやいや。礼を言われるこっちゃねえし」

関目は仏頂面と、苦笑いが半々の顔つきになっている。ざっと手を振り、

「ああまあいいから、おまえは寝ろ寝ろ」

急《せ》き立てられて、牧野は素直にパジャマに着替え、位牌の前でおやすみの挨拶をして布団に入った。

閉《た》てきった襖の向こう側からは、ごくごく絞ったテレビの音が洩れてくる。

（あっちには、あのひとがいる……）

ひとの気配にほっとする。と、いうよりも、関目がいることで安心している。

牧野はちらっと宝物が入れてある小箱のほうに視線をやって、それから自分の胸の上に手

を当てた。

とくとくと音を刻むこの箇所は、大雨のあのときにすべての繋がりが切れてしまった。いまもどこにも繋がらず、宙ぶらりんでここにある。

(関目さんがいてくれるのも、つかの間のことだから)

もう少しなにかを考えてみようかと思ったけれど、気だるい身体はまもなく眠りに引きこまれ、スイッチを押したみたいにぷつんと物音が消えてしまった。

◇　◇

関目が眠りから覚めたとき、ほわほわした感触が腕の上に乗っていた。

最初はなにか小動物が乗っかっているかと思い、一瞬後にはそんなわけはないと気づいた。

(あ、あ？　うわ……！)

肘《ひじ》の先に頭を乗せて寝ていたのは牧野だった。こちらを向いてすやすやと眠っている。

(なんで、こんな……!?)

昨日は夜更けになってから、牧野が寝ている隣の部屋に行ったのだ。小柄な身体の青年は、遠慮したのかさらに身をちいさくして布団の端っこで眠っていた。

(枕もしないで寝てんのか?)

関目に譲るつもりだったのか、牧野は枕を使わないままだった。そっと頭を持ちあげて、その下に枕を置いてやろうかと思ったが、眠る牧野に触れるのもためらわれる。

もしも牧野がそのときに目覚めたら、お互い気まずいことになる。そう考えて、あえて関目は牧野からの思いやりを受け入れたのだ。

そうして、静かに上掛けをめくって入り、できるだけ端に寄って眠ったのだが。

(どうやら熱っ気はなくなったみてえだな。顔色もよくなってるし、ひとまずは安心か)

そんなふうに牧野のことを気遣う思いはもちろんあって、しかしうっすらとひらかれた唇のあいだから吐息が聞こえてくるのにも意識が向かう。

(おいおい。こんなのはやばいだろ)

なにがやばいといって、牧野の寝姿に動揺している自分がだ。

こいつは男と心中で唱えてみても、十五歳の牧野の姿を思い出しても、まったく問題が解決されない。

(ちょっと勘弁してくれよ……)

ここに来たのは牧野を守るためであり、腕枕くらいのことでびびるのはみっともない。そう思うのに、関目の腕に自身を預けきった様子で目を閉じている牧野の姿は心臓に悪すぎる。

「ん……ん」

おまけに鼻声をかすかに洩らし、関目の腕にすりすりと頰を擦りつけるのはやめてほしい。身体が密着していないのは救いだが、牧野の吐息も、髪も、肌も、やたらといい匂《にお》いがしていて、なんだか目眩がしてきそうだ。

(ひとまずは……先に起きりゃいいんだな)

牧野が敷いている自分の腕をそうっと抜こうとしたときだった。

眠りが浅くなっていたのか、いきなり牧野がぱちっと音を立てんばかりにその大きな眸をひらく。

「……あれ?」

どうすることもできなくて、とっさに目を閉ざした関目は、まだ半分寝惚《ねぼ》けたような牧野の声を耳にする。

「ヒゲ、生えてる……」

これは関目のことだろう。さっき見たとき、牧野の頰はすべすべで、ヒゲなど気配もなかったからだ。牧野はまだ半覚醒の状態なのか、関目の腕を枕にしたままこちらをじっと眺めているようだった。

寝ているときならともかくも、互いが起きていてこの体勢はまずいのじゃないだろうか。内心の動揺を引きずりながら、関目はそう考えた。

たとえば関目が少し腕を動かせば、牧野の身体を自分のほうに引きつけられる。そうすれば、牧野は関目の胸元に転がりこんだみたいになって――。

「……なに見てるんだ？」

持てる限りの理性を集めて関目は言った。多少声がしわがれたのは寝起きだと思ってほしい。

牧野はまだ現実感が戻ってはいないのか、ふわんとやわらかな声で答える。

「ん、と。ヒゲが生えているなって、思いました」

どんな顔で言っているのか知りたくなって、関目は閉じていた目蓋をひらく。牧野はこちらに見惚《みと》れてでもいるかのような表情で、とろりとした眸を関目に向けていた。

「牧野のほうは……つるつるのままだよな」

唾を呑む音を立てないようにするのが精いっぱいだった。

「よく眠れたか？」

聞かれて「はい」と牧野は返した。

「こんなにぐっすり眠れたのはひさしぶりです」

「そりゃ、よかったな」

これは本心から関目は言った。と、その直後、牧野が大きく目をひらき、跳ねるように身体を起こした。

「ごめんなさいっ」

引きつる顔で、牧野が布団に正座して頭を下げる。

「重かったでしょう。腕が痺《しび》れていませんか?」

とんでもないことをしたと牧野があせりまくっているのがありありと伝わって、関目は急いで口をひらいた。

「牧野はかるいよ」

言いながら身を起こし、それを証明するように敷かれていたほうの手で牧野の頭をぽんぽんと撫でてやる。

「気にしない。あやまらない。牧野はもっと俺に甘える」

わかったなと目を見て告げると、牧野は少し考えてからうなずいた。

「おれ、気にしません。甘えます」

たぶん、牧野は関目がした約束を思い出していたのだろう。

牧野は関目を信じている。関目の言うことを素直に守るつもりなのだ。

「それでいい」

関目は朗らかな笑顔をつくって腰をあげる。

「そんじゃ起きて、メシでも食うか。朝は俺がつくるから、牧野は布団を畳んでくれ」

言われたとおり、着替えた牧野は布団を片づけ、関目と入れ違いに顔を洗う。

関目が朝食の支度をはじめてしばらくすると、脱衣所の戸口から牧野がひょっこり上半身をのぞかせた。

「関目さんのも洗いますから出してください」

「ああ、サンキュ。あとで持ってく」

牧野は洗濯をするらしい。断るのもおかしいと鷹揚《おうよう》な口ぶりでそれを受けた。

「牧野は辛いのは平気なほうか？」

台所の流しの前からそう聞けば「平気です」と牧野が答える。今朝は材料がほとんどないから、ひとまずは握り飯と味噌汁《みそしる》だけで済ませるつもりだ。

「……まあ、とりあえずこんなもんだろ」

朝食をつくり終えて目をやると、牧野は位牌に手を合わせ、朝の挨拶をそこでしている。日課だろうか、まるで生きている者たちにするような口調だった。

「お待たせしました」

終わると牧野はこちらに振り向く。関目はそれには触れないで、磊落《らいらく》に返事をした。

「おう、食えよ」

洗濯機の回る音を聞きながら、座卓をはさんで向かい合う。いただきますと言ってから、牧野は大ぶりの握り飯に手をつけた。

「これ、美味しいです。なにが入っているんですか？」

「塩昆布と胡麻。隠し味に柚子胡椒《ゆずこしょう》をな」

これは食材が少ないときの関目の定番の献立で、昆布の旨みとぴりっとした柚子胡椒の辛みとで、おかずがなくても食が進む。

関目がひとつめの握り飯を三口で腹に収めたとき、牧野が味噌汁のつくりかたを聞いてきた。

「この、キャベツと卵のお味噌汁、美味しいです。どうやってつくるんですか？」

「どうやってって……キャベツ刻んでぶちこんで、そこに味噌を入れるだけだぞ」

関目はそのつもりになれば、凝った料理もつくれなくはないのだが、手抜きできる部分はしている。味噌も出汁《だし》入りのものであり、時間のない朝であってもあっという間にできあがる献立だった。

「おれがつくると、いつも野菜がくたくたになるんです。汁もなんだかどろっとしてるし。なにかコツがあるんでしょうか？」

しかし、牧野にはむずかしく思えるらしく、眉を寄せて聞いてくる。関目はつぎの握り飯に取りかかりつつ彼の問いに答えてやった。

「そりゃあ野菜を茹《ゆ》ですぎなんだな」

「茹ですぎ、ですか？」

そうそうと関目はうなずく。どうやら牧野は本気で関目に教えを請うつもりのようだ。

「たとえばこのキャベツなんかは葉ものだから、湯が沸騰してから入れる。葉っぱがちょっと透けてきたら充分だ。味噌は弱火にして溶かしたら、それ以上は煮立たせない。最後は鍋に人数分の卵を落として、三分くらい経ったところでレンジの火を消す」

できるだけ、わかりやすく詳細を牧野に告げたら、彼はあわてた顔をした。

「ま、待って」

急いで棚のところに行って、彼はそこからノートを持って戻ってきた。

「メモするので、もう一回教えてください」

「いますぐか？」

「あ……すみません。食事のあとで」

「いいさ。いまやっとこう」

恐縮する様子になった青年に、関目は気にするなと手を振った。

「牧野は料理が苦手なのか？」

「というよりも、したことがないんです。寮では必要なかったから」

「だけど、手伝いはしていたんだろ？」

「そっちは自分の流儀があるから手伝わなくてもいいって言われて」

なるほどと腑に落ちる。実家にいたころ牧野はまだ中学生で、自炊をするのは今回が初めての経験なのだ。

「んじゃあ、味噌汁と握り飯のつくりかたな」

牧野はゆっくりきっちりと書いていくので、一行終えるにも時間がかかる。

「すみません。おれ、書くのが遅くて」

「そんなにあわてなくてもいいぞ。何回でもくり返すから」

すらすらと言ってしまうと、牧野はおぼえきれないようだ。一文ずつ何度もゆっくりとくり返して牧野に伝え、ようやく手順を書き終えるところまで来た。

「関目さん、ありがとうございます。おれ、つぎはこのメモをぜんぶおぼえてつくりますね。たぶん前よりじょうずにできると思うんです」

「そうだな、きっとうまくいく」

顔を見合わせて笑い交わすと、胸のなかが温かくなる。

(そうだ。この調子で行こう)

関目が食器を洗うあいだは、牧野がベランダで洗濯物を干している。彼はすんなりと関目がここにいることを受け入れてくれたようで、内心胸を撫で下ろした。

「今日の予定なんだけど、牧野は仕事が終わったあとで、屋上菜園に行くんだろ?」

「はい。でも……」

管理棟には工務部長の大谷がいる。それを思ったか、牧野が語尾を濁したが、関目は「行けよ」とうながした。

「あいつを避けたい気持ちはわかるが、おなじ工場にいる以上避けきれねえ。嫌だろうけど、顔あげて毅然《きぜん》としとけ。仕事以外の場面では、俺がきっちり守るから」

「そ……そうですね。あんなのは、べつにたいしたことじゃなくて……」

「そうじゃねえ」

関目はきっぱりと言いきった。

「あの部長の問題はちっちぇえことなんかじゃねえ。流していいことはひとつもねえ。たかがセクハラ、とは思うなよ。あれは牧野の心を踏みにじる行為だぞ。もっと怒れ。それでも、うまくやっていけ。自分のプライドを正しいやりかたできちんと守れ。そのために、俺はちゃんと力を貸すから」

牧野はぎゅっと両の拳《こぶし》を握り締め、関目の言葉の端々までを自分の胸に沁みこませているように、しばしのあいだじっとしていた。

「……顔をあげる。キゼンとする。仕事以外の場面では、関目さんに守ってもらう」

やがて、牧野がこちらの目を見て静かに言った。彼の決心を読み取って、関目は顔をほころばせる。

「今日の仕事、俺のほうは時間どおりにきっちり終わらないかもな。だけど、たいして遅くはならないと思うから、屋上菜園で待っとけよ」

わかりましたと承知して、牧野は会社に行くために自分の荷物を取りあげた。関目もおなじくバッグを手にして、彼の前を歩きはじめる。

「ほら行くぞ」

「あっ、ガス栓の確認がまだでした」

「そいつはさっき俺がやった」

言い合いながら玄関で靴を履く。

「牧野の体調が戻るまでは千林に車を借りるが、そのあとは俺のバイクに乗ってみるか？」

「関目さんの？　おれを乗せてくれるんですか？」

マンションの通路を行きつつ、思いついて言ってみると、牧野が驚いて目を瞠る。

粟津工業の工場では、夜勤のある者たちは自分の車やバイク、徒歩や自転車で通勤している。夜勤明けには公共の交通機関はすでに終わっているからだ。

「ん、もちろん。この休みにでも牧野のメットを買いに行こう」

すると、牧野は力をこめてこくこくとうなずいた。

「関目さんと一緒に乗るためのおれのメット……」

「そうだ。牧野には白いやつが似合うかもな」

言うと、牧野がうれしそうに微笑んだ。いかにも無防備な笑顔を見ると、おぼえず関目も心が弾む。

「やっぱ牧野はそうして笑った顔のがいいな」

エレベーターに乗ってからしみじみとつぶやくと、白い頬がほんのりと赤くなる。

上気したその色がすごく綺麗で、ついそこに触れたくなって、関目は急いで視線を逸《そ》らした。

◇　◇

そののち、牧野は関目の運転で工場に到着し、特に困ったこともなく午前の仕事を終わらせた。ゆうべぐっすり眠れたのがよかったのか、就業前のラジオ体操もなんなくできたし、仕事も集中してできた。

昼休みになり、千林に礼を言おうと食堂に行った牧野は、しかし少々当てが外れた。牧野の隣は空いていて、見渡す限り千林の姿はなかった。

（今日はまだかな？）

業務が立てこんで遅れることも結構あるから、牧野は先に食事をはじめる。昼食のわかめうどんのつゆをひとくち啜《すす》ったとき。

（あれ……？）

この足音はと振り向くと、はたして関目が立っていた。

「ここ、いいか？」

「えっと、あの」

「千林なら今日は来ねえぞ。日帰り出張に行くんだってメールが来てた」

テーブルにトレイを置くと、関目が牧野の隣に座る。皿を見れば、おかずは豚のショウガ焼きで、ご飯は丼《どんぶり》に大盛りだった。

「なんだ、昼飯はそれっぽっちか？　うどん一杯で足りんのか？」

眉間を険しくした関目の顔は一見きつくも受け取れるけど、じつは心配してくれているのだと声の調子でわかっている。だから、牧野は微笑みながらこっくりとうなずいた。

「朝ご飯が美味しくて、食べすぎたみたいなんです」

「んだって、それは何時間も前のことだろ」

しっかり食えよと言ってから、関目は朝にしていた話題を振ってくる。

「そういや、メットを買うって話な、牧野はどんなやつが好みだ？」

「好みって……よくわかりません」

「バイクで二ケツしたことないか？」

「自分で乗るのも、乗せてもらったこともないです」

「んじゃ、チャリは？　中坊んとき、女の子乗せるとか」

「自転車の二人乗りは禁止ですから」

　言うと、関目がははっと笑った。

「だろうなあ。牧野はやんちゃとかしそうにないし。俺、すげえ見たかった。中学に入りたてのちっちぇえ牧野。制服なんかぶかぶかで、可愛かったに違いないし」

「……男に可愛いは褒め言葉じゃないですよ。それは、その……制服はぶかぶかでしたが」

　控えめに文句をつけたが、関目はいっこうに訂正してくれる気配がない。どころか、牧野の『ぶかぶか』を想像したのか、笑い声を洩らしたあとで「やっぱなあ」と納得している。

「あれ、関目？　今日はいつもと違うとこで食ってるんだな」

　ほとんど食事が終わったころに、通路際から誰かが訊ねた。見れば、彼は関目とおなじ課の先輩で、興味深そうにこちらの様子を眺めている。

「そ。牧野とメシ食ってんですよ」

　関目は立っている相手を見あげて、なんでもないように返事した。

「へえ。めずらしい」

「んですかね？　俺と牧野は同期だし、元々仲がいいんすよ。それに、昨日から俺ら一緒に暮らしてますんで」

　直後、牧野は飲みかけていた湯呑《ゆのみ》のお茶を気管に入れてむせ返った。

「ご、ごほっ……せ、関目さんっ⁉」

「んだよ、ほんとのことだろが」

それはそうだが、まさか食堂で公言するとは思わなかった。しかも関目は相当目立つ男だし、ここには彼の知り合いがたくさんいる。声もひそめずに交わした会話は周囲の関心を引いたらしく、近くのテーブルに座っていたひとたちが牧野たちのほうを見てなにか言っているようだ。

「そんじゃあ、いまはさっちゃんのところにいんのか？」

「そ。昨日の晩から居候」

「男と同居って、色気ねえなあ」

「そっかもだけど、これはこれでいいもんですよ。牧野とは気ぃ合うし、俺はすげえ楽しいし？」

「そういうもんか？」

「そういうもんすね」

関目がきっぱりうなずくと、相手もつられて納得したような顔になる。

「ああまあそうかも。野郎同士も気楽っちゃ気楽だもんな」

「んなわけで、俺は当分牧野の部屋に居座りますんで」

「おう、そっか。仲良くな」

「や、もちろん」

張りのある声で機嫌よく関目が言うから、かなりのひとたちがこの会話を耳にして、面白そうな顔をしている。

目立つのが苦手な牧野はこの状況にいたたまれない気持ちになって、こそっと関目に囁《ささや》いた。

「いまのって……わざとですよね」

にやりとするだけで、関目は返事をしようとしない。けれども、きっと満足げなその顔が言葉のない返答なのだ。

(たぶん、関目さんはおれと同居していることを、周りの人たちに知らせたいんだ)

その理由がなんなのか、頭のよくない牧野にだって思いつく。

(関目さんがおれの部屋にいるんだって広めることが肝心なんだ。たぶんそれが、大谷部長の行動を抑えることになるだろうって)

関目のやりかたは正々堂々としている分だけ効果的だ。牧野の住居は借り上げ社宅ではあるのだが、友人が泊まりに来ている程度のものなら誰にも文句のつけようがない。大谷も関目がいることを知ったなら、牧野の部屋を訪れはしないだろう。

牧野は関目の思惑を察したつもりで感心したが、それ以上の出来事がまもなく起こった。

「関目くんが牧野くんの部屋にいるってほんとなの⁉」

午後の仕事を終えてから、管理棟の屋上に牧野が行くと、西脇を筆頭に菜園メンバーが近寄ってくる。

「はい、そうです」

周りを取り囲まれながら、もう耳に入ったのかと牧野は驚いてうなずいた。

確かに食堂で一部のひとたちはそのことを知っただろうが、西脇はあの場所にはいなかったのに。

「いつから？」

「昨日からです」

牧野が言うと、みんなはハアッと息をついた。

「なにか意外な感じもするけど、それはそれで納得ができるというか」

「タイプが違うから、うまくいくのかもしれないわねえ」

「食堂で仲良さそうにご飯食べていたっていうしね。牧野くんにも同年代の友だちがいるのっていいことよ」

彼女たちの感想はそのほとんどが好意的で、牧野に親しい友人がいたことを喜ぶものだ。

ほっとしたし、うれしくもあり、牧野ははにかむ笑顔を見せた。

「関目さんはいいひとです。かっこいいし、やさしいし。おれ、ほんと大好きです」

彼女たちにそう言うと、皆はなぜだか（あらま）というように目を瞠り、互いの顔を見合わせた。

その反応に牧野は自分がおかしなことを言ったかと不安になったが、皆はそれ以上なにかを聞いてくることはなく、各自の作業に戻ってしばらくしたときだった。

（……関目さん？）

足音を聞きつけた牧野の耳がぴくっと動く。

そうかなと思ったら、やはり当たって、ひらいてあった鉄の扉の向こうからまもなく彼が現れる。戸口をくぐるとき頭をひょいと下げる仕草は背の高い男ならではのものだった。

「迎えに来たぞ」

声をかけられ、反射的に駆け寄った。すると、関目がしげしげと牧野の顔を見下ろしてくる。

「思ったよりも仕事が早く終わったからな。つか、牧野。さっき耳を動かしてなかったか？」

「え。そうでした？」

耳だけではなく、関目は視力もいいらしい。結構距離があったのに、関目は牧野のちいさな動きを捉えていたようだった。

「もしかして、意識しても動かせんのか？」

半信半疑で関目に問われ、牧野は「できます」と返事した。

「へえ。それならいまやってみせろよ」

言われて、牧野は片方の耳を動かす。

「すげえな、牧野。動物みてえ」

面白そうに笑われて、さすがに牧野は憤然と言い返した。

「こんなの誰だってできますよ。目尻のあたりに気持ちを集める感じでやれば、簡単に動きますから」

「や。それは簡単じゃねえだろう。そいつは牧野ルールなんで、俺には適用外だから」

楽しそうに関目はくつくつと笑っている。夏のあいだにますます日に焼けた男の顔が、なんだかとてもまぶしく見えて、牧野が思わず見惚れたとき、

「関目くん。ちょうどよかった。明日でいいから二班の矢野《やの》くんに伝言しといて。健康保険証、再発行できたから労務係まで取りに来てって」

西脇に声をかけられ、関目がそちらに視線を向けた。

「わかりました。伝えときます」

「それから、聞いたわよ。関目くんが牧野くんの部屋にいるって」

さらっと彼女が突っこめば、関目はあっさりそれを受ける。

「ですけど、なにか？　労務的にはまずいすか？」

「それはまったく問題ないわね。牧野くんが楽しそうだし、わたしとしては大いに奨励」

お節介をするようだけど、ここのみんなは牧野くんのお母さん気分なの、と西脇が苦笑す

る。

「最初はどうかしらと思ったけれど、こうやって仲良さそうなの見ているとと心配いらないみたいだし」

西脇の言うのを聞いて、関目は感情を表さないまま肩をすくめた。

「ま、そのへんは大丈夫じゃねえですか。俺すげえ牧野のことが大事ですから」

牧野は（ん？）と小首を傾げた。なにかいま、かなりなことを言われたような気がするのだが。

あやふやな気分のまま彼らのほうに視線を向けると、関目は平然、西脇は啞然《あぜん》としていた。

（え。え？）

状況が摑めなくて、牧野は無意味に左右を見回す。どうしようかと思っていたら、ふいに西脇があははと笑った。

「言うわねえ。関目くん」

「本心ですから」

「そうみたいね。若いひとたちは楽しそうでいいわねえ」

それから牧野に「お迎えも来たんだし、ひと足先に帰っていいわよ」と西脇がやさしい顔を向けてくる。

「んじゃ、お許しも出たし行こか？」

関目にうながされ、なにがなんだかわからないまま牧野はふたりの言うことに従った。

割り当ての野菜をもらい、関目につづいて階段を下りながら、しかし牧野はいまだに混乱を引きずっている。

(関目さんがおれを迎えに来てくれて……耳を動かしてみろよと言われて……それで関目さん、西脇さんにおれのこと大事だって)

思い返すと、顔がかっと熱くなる。

(あれって大切な友だちって意味だよね。友だちっていうよりも、むしろ弟みたいな感じ?)

九月も終わりかけの、朝晩はめっきり涼しくなってきた今日このごろ。管理棟の女子社員の制服もまもなく長袖へと変わるのだろう。

(だけど、暑い)

暑いのか、熱いのかはわからない。普段はさほど汗をかかない牧野だけれど、心持ち体温があがっているのか背中がうっすら湿っているような感覚がする。

(関目さんにはなんでもない言葉だってわかってる。……でも、だったらどうしておれはこんなにどきどきしているんだろ)

自分の気持ちがわからなくて、なのに鼓動はいっこうに治まらないまま、牧野は広い背中を追って階段を下りていった。

◇　　◇

　それから一週間が経ち、関目は変わらず牧野の部屋に居着いている。朝は一緒に食事して、おなじ工場に出勤し、夜はまた牧野の部屋に戻ってくる。

　つまりは朝昼晩とおなじ場所にいるわけで、たかが七日間とは思えないほど関目とは密度の高い時間をともに過ごしていた。

「どうですか？　バイク通勤には慣れました？」

　昼休み、食堂の列に並んでいたときに千林が聞いてくる。

「関目くんのバイクはたしかZ１０００でしたよね。あんないかにもなストリートファイター系は、リアの人間に重きを置いていないはずです。後部座席の乗り心地はよろしくないと思うんですが？」

　感心しないといったふうに首を振る彼の様子に、牧野はあわてて弁護した。

「そんなこと、まったくないです。むしろおれが乗り慣れていないせいで、関目さんの乗り心地を悪くしてます」

「そうですか？　それなら、ちょうど本人が来ましたし、直接聞いてみましょうか」

　関目が食堂に下りてきたのを視野に捉えて、おかずの棚の前にいた千林が列から外れる。おなじように牧野が離れて、作業服の男の前まで近寄れば、午前中の業務のあいだ顔を見ないでいただけなのに「元気か？」と問いかけられた。

「はい、関目さん。あの……作業中に腕の具合はどうでした？」

　聞いたのは、今朝もまた牧野が関目の腕枕で寝ていたからだ。

　畳んだバスタオルを枕の代わりにしていたのに、明け方近くに気温が下がると関目の傍に転がっていくらしい。

　関目は枕を借りてるのは俺だから、それで公平になるんじゃないかと笑って許してくれたのだけど。

「平気平気。何度も言うけど、牧野はかるいし」

　くしゃくしゃと髪を撫でられ、それからふと気づいたように関目は千林に視線を向けた。

「んで、俺になにか用事か？」

「いまやっと目に入ったわけですか」

　呆れたように千林がため息をつく。

「牧野くんのヘルメット、ちゃんと買ってあげたかって話ですが」

　さっき牧野に言ったのと、違うことを口にした。関目はふふんと胸を張る。

「たりめえだろが。こいつに似合いの真っ白なメットを買ったぞ。顎の紐《ひも》は銀色で、メットの横に可愛いシールも貼っといた」

「どんなシールか、容易に想像はつきますね」

バイクショップの棚にあったちょっとファンシーな動物シールを見たかのように千林は肩をすくめる。

「それより、バイクそのものが問題なのでは。カワサキテイストもディアブロブラックもお好きでしょうが、せめて大型バイクならクルージングタイプのものに買い替えませんか？」

「ちょ、このおぼっちゃまは簡単に言ってくれるぜ。うちの会社の薄給を舐《な》めんなよ」

やり返されて、思い当たる節があったか、千林が「ああ」とつぶやく。

「それではいたしかたありませんね」

「だろうが……って、おまえはんなこと言いに来たのか？」

「いえまあそっちは前振りで」

そこで千林は向きを変え、ふたたびおかずの棚のほうへと歩きはじめる。関目もそれに応じて動き、牧野は彼らを追うようなかたちになった。

「本社での情報も仕入れましたよ。くわしいことは……で、あらためて送ります」

「こっちはだいたい予定どおりだ。こういうときには女のパワーはあなどれねえよ。特に……は、事情を察して……」

「女性うんぬんというよりも、……のおこないの賜《たまもの》ですよ」

「違いねえ」

そんな声が聞こえてきてはいたのだけれど、食堂のざわめきのなか、先を行く彼らの会話は途切れ途切れになっていた。

そのあと列にもう一度並び直して、トレイにおかずとご飯を取ったあと、関目と別れて千林と席に着く。彼は相変わらずなにを考えているのかを悟らせないのんびりとした表情で、今日のおかずの感想などをつぶやいている。

「冷凍のミックス野菜はどうしてニンジンと、グリーンピースと、コーンでしょうね？　彩りを優先させたのはわかるんですが、ちくわの磯辺揚げの上にそれをあんかけにしてかけるのはいかがでしょうか」

「……それはかさ増しのためかもです」

「ああなるほど！　未知との遭遇はこうして生まれてくるのですね」

感動したふうにうなずいたあと、そういえばと話題を変える。

「最近、関目くんに部品構成表の見かたを習っているのですか？」

千林が言うとおり、ここ三日間ほど牧野は関目に組立手順を表わす図面の見かたについて教わっていた。

——牧野は調達課の一員なんだろ。だったら、部品構成の図面って知ってるか？

から。

――いえ、おれは。部材の在庫を帳簿につけているだけで、図面を見ることはありません
――んでも、知ってて損はないぞ。その気があるなら、教えてやるし。

――あ、それならぜひ。関目さんが面倒でなかったら、おれに教えてくれませんか。

そんなふうに食事のあとで、雑談をしていたときに話の流れでそうなったのだが、関目に頼んだ牧野の気持ちに嘘はなかった。

いつまで関目が自分の部屋にいてくれるのかはわからないが、彼から教えてもらったことがあったなら、それをずっと持っていられる。かたちのあるものではないけれど、だからこそより大切だと牧野は思った。

「どんなことを教わりました？」

千林に訊ねられ、牧野は懸命にうまくない言葉を綴る。

「ええと、まずは設計図があって……それを土台に、くみ……組立手順に沿った組図をつくる……それと、組図には、構造、配管と……」

そこで詰まってしまったら、千林が助け船を出してくれた。

「配線ですよ」

「あ、ありがとうございます。えと、配線、部品配置の情報が詰まっていて……それをさらに部品図、一品図と、そざ……素材図に展開していく」

そこまで言って、合っているかと目で問えば、千林が「上出来です」と応じてくれた。

「部品展開表といっても、いまはパソコンでMRPを作成しているんですが、汎用品はともかくも仕様変更の多い完全受注生産品はやはりロスが多いですから。デッドストックになっている部材を正確に把握して、新規のものに再使用するのなら、不動在庫の整理にもなりますし、原価率にも寄与できるんじゃないかとも思うんですすよ」

「……ええと、すみません。言ってることがよく……」

わかりません、と牧野は困って首を傾げる。

「おれ、頭悪いから……」

「牧野くんの頭が悪いとは思いませんね」

すらすらと述べられた言葉の内容が理解できずに情けない気持ちになったら、彼がさらりとそう言った。

「きみは努力家で、物事を理解しようとする姿勢がそもそもあるでしょう？　自分のペースでゆっくりおぼえていけばいいと思いますよ」

牧野のことを認めてくれる千林の気持ちがうれしい。礼を言ったら「いえいえ。こちらもマイナスイオンの風に当たったって癒されます」となんだか意味の摑めない台詞で応じ返された。

「牧野くんは調達課に所属しているんですし、在庫の部材を管理する立場でもある。社外秘の組立図でも見て悪いことはないし、実際の図面に接する機会をつくって、おぼえておくのはいいことですよ」

「それ、関目さんも言ってました」

「でしょう？　田辺さんから調達の人間に話を通してもらったら、部品展開表のファイルを閲覧できますよ」

「そうしてみます。それで、あの、千林さん」

「ん？」

「ありがとうございます。いつも気を使ってくださって」

「そう言ってくれるのはうれしいですけど、こっちが好きでしているわけでお礼なんかいりませんよ」

千林が端整な顔立ちをなごませる。それから「そろそろ時間ですね」と顔をあげ、

「今日も仕事が終わったら、屋上に行くんですか？」

「はい。そのつもりです」

「あっちはどうです？」

聞かれたのがなんのことか察しがついて、牧野は眉を曇らせた。

「管理棟で出会ったときは挨拶する程度ですけど、備品室に来られたときはいろいろ話しかけられます」

「それは仕事の話だけ？　それとも、べつの用件も交じってますか？」

小声で問われて、牧野は縦に頭を振った。

大谷が控えめにしていたのはほんのしばらくのことだった。

関目が牧野の部屋に来た当初にはなりをひそめていたものの、それも数日経ったのちにはなにもなかったようにまたも大谷は備品室に現れていた。同居している関目についてはいっさい触れず、何度も断っているはずなのになにか買ってやろうかと言ってくるのだ。

自分の見たいものだけを見ている大谷は、牧野がなにを言おうとしようと結局振り出しに戻ってしまう。あまりの話の通じなさに、大谷と接するたびにひどく疲れる自分を感じた。

「おれがどうにでもできるような相手だと思っているから……」

ぽつりと心中の思いをこぼすと、どうだろうかというように千林が小首を傾げた。

「牧野くんを狙《ねら》っているのがいじめっ子の心理だけとは限りませんが。まあ、彼は本社の役員人事で中央ルートを外れてしまったみたいですし。家庭内もうまくいっていないらしく、相当な鬱憤をかかえているのは想像がつきますけどね」

事情通なところを見せて、千林が大谷のいまの状況に触れてきた。

「ああいう手合いは自分を騙《だま》すのも得意ですから。牧野くんは相手の気持ちを理解しようとしなくてもいいですよ。それよりもっと目を向ける事柄がほかにもたくさんありますからね」

「おれが目を向ける事柄が……？」

「そう。さっきの部品構成表もそうですし、今度の休みにはどこに遊びに行くのかとか」

「あ。それなら、もう決まってるんです」

言いながら、たしかにそうかもしれないと牧野は思う。大谷の思惑に振り回されて、自分自身を否定するのはたぶんいいことではない。

——相身互いって言葉があるだろ。牧野のトラブルを大きくしないでおくことは、職場環境を守るってことでもあるんだ。つまりは、俺のためでもあるしな。

関目は牧野のマンションに泊まりこんでまもなくそう言ってくれたのだ。関目はもちろん、千林にも面倒をかけている自覚はあるが、いつかかならずお返しできる機会もあると、信じていたかった。

「へえ、どこですか?」

「新都心の駅前で映画を観てから、さいたまスーパーアリーナに。あそこのけやき広場ではインディーズのライブがあるらしいんです」

「それはいいですね。面白そうです」

関目から聞いたとおりに牧野が言うと、千林がにこりと笑う。その顔を見て、ふっと牧野はたったいま思ったことを口にした。

「よかったら、おれたちと一緒に遊びに行きませんか? 関目さんも千林さんが行くと言えば、喜ぶんじゃないでしょうか」

きっとそうじゃないだろうかと告げてみたが、あわてた顔で千林が辞退する。

「いやぼくは、今度の休みは用事があるので」

それなら無理にとは言えないで、牧野は素直にうなずいた。

「……彼も苦労しますねえ」

「え……なにか？」

唇だけで言葉を綴った相手の声が聞き取れない。問い返したが、千林は苦笑したきりさっきのそれを発しようとはしなかった。

「楽しんできてください。そしてどんなだったかをぼくに教えてくださいね」

そう言って、理知的でやさしい男は午後の仕事に戻るため、牧野から離れていった。

◇　◇

週の終わりの休日が来て、関目が牧野をバイクに乗せて向かったのは、新都心の街中だった。粟津工業の工場があるいささか辺鄙《へんぴ》な場所と違って、このあたりは東京の都内とも変わらない印象だ。高層ビルが林立する道路を通り、関目は駅前の駐車場にバイクを入れる。

「ほい、到着っと」

自分だけ先に下り、スタンドを立ててバイクを固定させると、関目はリアシートに座ったままの牧野の腰を両手で掴む。

「疲れなかったか？」

抱きあげて、すとんと下ろすと、なめらかなその頬にうっすらと色がつく。

「大丈夫です。それと、あの……おれ自分で下りられますから」

言われて（ああそうか）と気づく。

どうやらテンションが相当あがっているらしい。かつて女とデートしたときでさえ、こんな甘い仕草を見せはしなかったのに。

まいったなあと視線をあげると、そこにはよく晴れた秋の空が広がっていた。

「んじゃま、まずは買い物からな。そのあたりぶらぶらっと回ってみようぜ」

指差したのは埼玉では最大のショッピングモールで、今日行く予定の映画館もその施設のなかにある。

「なんか欲しいものとかあるか？」

「えと。あとからでいいんですけど、携帯買うのをつきあってもらえませんか？」

「ん、いいぞ。そういや牧野は携帯持ってなかったな」

「いままでは寮でしたから必要なくて。それで、あの、よかったら関目さんの携帯番号教えてください」

どうやら牧野は関目を一番に登録してくれる気らしい。そのあと向かった携帯ショップで、牧野は買い立ての機器を手に電話番号を聞いてきた。

「赤外線通信だったら、一発で交換できるぜ」

おぼつかない牧野の手つきにそう言ってみたのだが、自分で入力したほうが頭に入ると関目に返して、ゆっくりボタンを押していく。

「……一、九、と。これで携帯を失《な》くしても、すぐに電話できますね？」

「いや、番号をおぼえてても、携帯がなかったらすぐに電話はできないだろが」

少しばかり呆れて言えば「あ。そうでした」と困ったように牧野が笑う。

「おれ、携帯持つのは初めてなので。なんだか変に舞いあがってるみたいです」

可愛いなあと関目が思ってしまったのは、まずいことなのだろうか。

牧野は今日着てくる服に以前西脇から土産にもらったシャツを選んだ。いまは合服の時季だから、夏向きのそれの上からカーディガンを羽織っていてもべつにおかしいことはない。ただ――特別な日に着ます――とそう言ったのを思い出した関目が自意識過剰なだけだ。

はにかむ笑顔から視線を剝がして腰をあげ、関目は牧野をうながした。

「ここを出て、なんか飲もうぜ。そんで、もうちょっと使いかた教えてやる」

説明書と機器の空箱が入った紙袋を持ってやり、ふたりで店の外に出る。そうして通路を少しばかり進んだときに、関目の携帯が唸り出した。

ポケットから取り出して、発信元のナンバーを眺めれば、それは知らない相手からだ。

本来ならば無視してもいいところだが、頭の隅に入れていた件もあり、関目の勘も出るように告げていた。

「……誰っすか?」

『わたしだよ。工務部の大谷だ』

予期したとおり、嫌な方向に勘は当たった。顔をしかめて黙っていると、相手が勝手に言葉をつづける。

『きみはいま、牧野くんと一緒なのか?』

「俺の番号を教えた記憶はないんすけどねぇ」

大谷の質問に答えるつもりはさらさらない。牧野にも大谷から電話だと悟らせないよう、相手の名前は省いて言った。

『社員名簿を見たんだよ。きみは携帯番号を会社に届け出ているだろう?』

それがまっとうな答えであるかの口ぶりだったが、つまりは個人情報を勝手にのぞいたというわけだ。

「名簿って、そりゃまずいんじゃないんすかぁ?」

多くは語らず批難すると、相手も関目の言いたいことを察したらしい。

『緊急の用件があったからね』と言いわけし、それよりもと言を継ぐ。『きみはいつまで牧野くんの部屋に居座っている気なんだ？』

「さあ？　俺のほうではそれに答える義務はないんで」

『つまり、近々に出ていくつもりはないんだね？』

「もし、そうだって俺が言ったら？」

大谷が電話を関目にかけてきたのは、思惑あってのことだろう。もったいぶらず話せと思ってうそぶくと、大谷がイラつく声を投げてくる。

『きみがその気でいるのなら、わたしもひとつ警告をしておこう』

「警告？」

『そうだ。きみが自分の住居に戻らないのなら、わたしも遺憾な処置を取らざるを得なくなる』

持って回った言いかたが、関目の皮肉っぽい笑いを誘う。

もはやいささかの遠慮をする気もなくなって無言のままに待っていたら、相手は痺れを切らしたのか自分からその処置を話しはじめた。

『きみは十八歳のとき、警察に逮捕されたことがあったな。罪状は違法ドラッグ売買だったか？　前科を隠して入社したのは会社としても処罰の対象になるのだが』

「あれは逮捕されたんじゃねえ」

「……関目さん？」

さすがに顔色が変わったのか、牧野が横から怪訝《けげん》なまなざしを向けてきた。

「なんでもねえから。すぐ終わる」

携帯から口を離して牧野に言って、関目は大谷の誹謗《ひぼう》に返した。

「調べたんならわかんだろ？　あれはそういうことじゃねえって」

『まあ、そうだね。あの件はかならずしもきみの犯行とは言えないか』

あっさり大谷は認めたが、攻撃の手はゆるめなかった。

『たしか、証拠不充分で釈放されていたんだった。だけど、昔のこととはいえ、きみがそういう人物だと工場長や製造課長が知ったらどう思うかな？　きみはたしか、組立一課に移るときにずいぶん強く上にねじこんだそうじゃないか。あのときの交渉で、生産技術課長には恥をかかせていたんだろう？　きみのこんな噂が社内に広まったなら、大喜びする人間もいるだろうし、出世もむずかしくなるだろうねぇ』

嫌みったらしい言いかたは、関目にとって不快感しか呼び起こさない。

上からの脅しと圧力。これにへつらうか、あるいは感情的に怒鳴り返すのを狙っているのだ。

(だからって、その手に乗りゃしないがな)

「しばらく……考えさせてもらってもいいすかね？」

声音ばかりはトーンを下げると、相手は満足したようだ。

『いいとも。好きなだけ考えたまえ。そもそも、単独で住むはずの借り上げ社宅にほかの人間が転がりこむのは感心できないことだからね』

(は。牧野の部屋に押しかけたおまえが言うな)

内心舌打ちしたものの、表面的には「はあ」と浮かない声音で返す。

そうして通話を終わらせると、心配そうな牧野の頭をぽんぽんと撫でてやった。

「んな顔すんな。ほんとにどうってことたあねえから」

かるい口調で牧野に言うと、とたんに彼はほっとした様子になった。素直に応じるその表情が関目を信じているのだと思わせて、こちらの気持ちもおぼえずなごむ。

「一緒にいるのに、ほかのやつと電話なんかして悪いな。だけど、あとちょっとだけ。ひとつふたつ千林に伝言しとくことがある」

いいですよと、牧野はあっさり承知する。

「おれに遠慮しないでください」

関目はかるく右手で拝む真似をして、携帯にある登録番号を呼び出した。

「ああ、千林。そろそろだろうと思ってたのがやっぱ来た」

前置きをすっ飛ばして伝えたが、彼はすぐに理解した。

『そろそろというよりも、むしろ遅いくらいですけど。内容は予期したとおりのあれでした？』

「まあそんなとこ。噂が広まれば、出世がどうこう言ってたな」

『小者はさもしくて嫌ですねえ』

電話の向こうで、千林がくすくす笑う。おそらくは賢そうなその顔にさぞかし腹黒い笑みを浮かべているのだろう。

関目はひとつ肩をすくめて「またな」と通話を切ろうとした。

『そんなに急いで電話を切ろうとしなくても。もしかして、牧野くんとの時間が惜しいと思ってますか？』

「わかってんなら、もう切るぞ」

『どうぞと言いたいところですけど……そういえば、牧野くんはぼくもライブに誘ってくれたんでしたっけ。いまからそっちに行きましょうか？』

「え⁉　本気かよ？」

思いっきり嫌そうな声音を洩らすと、またも携帯を耳に当てた部分から性悪な笑い声が聞こえてくる。

『冗談です。行きませんよ。まだ馬に蹴《け》られたくはありませんし』

「あのな。言っとくけど、俺と牧野はそんなふうな——」

言いかけたら『はいはい』と簡単に流された。

『つまらないことを言ってしまってすみません。天気のいい秋の日に独りぼっちでいると、つい。寂しさがそうさせるので、大目に見てくださいね』

「んなしょんぼりした声を出しても騙されねえぞ。おまえは社内でもしこたまモテているんだろうが」

『いえ、もうぼくはそっちの方面に関しては完全にお休み中です。どろどろの愛欲に疲れたので、当分その気になれませんし』

千林はそんなことを本気か冗談かわからない調子で述べた。

詮索する気はないし、たぶんされたくもないだろうから、関目は「勝手にしろ」と応じるにとどめておく。それから千林との通話を切って、斜めに視線を転じると、なんでしたと聞きもせず彼は関目のつぎの行動を待っていた。

最初に会ったあの日から変わらない、まっすぐ関目を見つめてくる綺麗な眸。

「行こうぜ、牧野。待たせたな」

信じられているのがうれしく――そして、それには少しばかりの後ろめたさと苦みが交じる。

「はい。関目さん」

それでも、牧野の笑顔を見ると、なにを優先させるのかおのずと答えははっきり出ている。

(せっかく、遊びに来たんだしな。今日は一日楽しんでくれればいいさ)

それに、自分もそんな牧野を見るのが楽しい。それならば、目の前にあるものをただ大切にしていればいいのだろう。

「そうだ。牧野には茶飲みがてらメールの打ち方も教えてやるよ」

◇　◇

そののちふたりは近くにあった店へと移った。そこでしばらく牧野に基本の操作を教え、電話のかけかたやインターネットへの接続方法、メールのやりかたや、待ち受け画面や着信音などの設定方法をも呑みこませた。

「ついでに写真の撮りかたもおぼえておくか？」

「ま、待ってください。頭のなかがいっぱいで……もうおぼえられません」

情けない表情で、牧野が白旗を掲げてみせる。関目は笑い、コーヒーを飲み干した。

「そんじゃ、あとはぼちぼちな」

「すみません……」

「ごめんはいいって。一緒に暮らしているんだし、べつにいますぐじゃなくたって、聞きたいときはいつだって聞けるだろ?」

「そっ、そうですね。一緒に、その関目さんと」

そこで言いやめて、照れたように下を向くから関目もなんだか尻の座りが悪いような気分がしてくる。

(一緒に暮らしてるったって、べつにおかしなことなんかしてないし。そりゃ、腕枕とかしてやってるが、あれはまあ不可抗力みたいなもんで)

その思考がすでにやばい部分にあると薄々は気づいていて、しかし関目は無理にでもそちらのほうには目を向けたくない。

「……ほら、牧野。アイスが溶ける」

うながして、関目は煙草《たばこ》が欲しくなった。

(そういやここんとこ、煙草を吸ってなかったっけ)

関目はしょっちゅう吸うほうではないのだが、ときどきには欲しくなる。おおむねそれは酒を飲んだときだとか、手持ち無沙汰《ぶさた》なときだとか、腹になにかもやもやとしたものを感じているときだった。

「関目さんは、我慢していませんか」

アイスを食べ終え、牧野がちょっとためらってから聞いてきた。

「え。なにが?」

「煙草です。工場の喫煙室にいるところをおれは何度か見かけました。だから、いまも吸いたいんじゃないかって」

あせって問えば、そんな答えが返ってくる。どうやら関目の内面を仕草か雰囲気から察知して、気遣ってくれたらしい。

(こういうとこ、鋭いよな)

牧野は日ごろ、ほわっとした感じだが、そのじつ神経が細やかだ。

ここ数日間、べったりと過ごしてきて、関目は相手を面倒に感じたことは一度もない。

この五年近く独りで気ままに過ごしてきたから、つねに誰かが身近にいると息苦しくなるんじゃないか。

自分で同居を言い出しておきながら、手前勝手な考えだと思いもしたが、予想に反して牧野はまったく重みを感じさせないで関目の傍に寄り添っている。

それは、たぶんこちらの負担にならないように牧野が努力しているからだ。

腕枕をしていても、バイクから抱きあげても牧野はかるい。けれど、その小柄な身体の内側は、決して薄っぺらなものなんかじゃないのだろう。

「いまはいいよ。それよか、そろそろここを出よっか?」

席のレシートを浚って立つと、牧野があわてて財布を出した。

「牧野はいいよ。誘ったんだし、おごっとく」

「え。でも」

「おまえの部屋にいさせてもらうお礼も兼ねて」

「だったら、むしろおれのほうがおごらないと。関目さんはおれのためにいてくれるのに」

いいから、と関目は笑った。

「俺の顔立てて今日の分はそうさせろ。つぎのときは牧野に持ってもらうから」

言うと、牧野は困った顔で、それでも素直にうなずいた。

「じゃあ、つぎは絶対です」

譲ったものの、それだけはと告げてくる真面目で頑固な牧野の性格が好ましい。

わかったと承知して、関目が払い、カフェを出る。

「昼メシは映画を観ながらかるいのを食っといて、そのあとラーメン屋に行ってみねえか？　すげえうまいとこ、知ってっから」

けやき広場のライブがはじまるのが六時からで、映画が終わるのが三時半の予定だった。映画館でホットドッグかなにかを食べれば、それでひとまず腹は持つ。

その段取りを牧野に言うと、大きな眸が輝いた。

「おれ、行ってみたいです。その美味しいラーメン屋さん」

「おう。神レベルだぜ」

期待に満ちたまなざしの牧野に請け合ってやったとき。

「関目さん……！」

妙に切羽詰まった調子で自分を呼ぶ声がする。関目はうろんな顔をして振り向いた。

（誰だっけ？）

白シャツに黒いボトムと、その上に巻かれているギャルソンエプロン。その格好は、先ほどのカフェの制服とおなじだから、そこの店員に違いない。

細い目が特徴であることくらいの平凡なその顔は、記憶のなかから引っ張り出すのに時間がかかった。

「もしかして……おまえ粕谷《かすや》か？」

「そうです、関目さん。こんなところで会えるなっ……て」

感極まった様子になって声を詰まらせる男の姿は、しかし関目の情感をかき立てはしなかった。

かつての粕谷とのいきさつは関目にとってはとっくにけりがついている事柄で、いまさら会ってもなんとも思いようがない。

「なんつうか、偶然だよな。元気そうでよかったよ」

いかにも適当な台詞を言って「じゃあな」と別れていこうとしたら「待ってください」と呼び止められた。

「あのときは……ほんとにお世話になりました！　俺、すぐにでもあやまりに行こうと思って……だけど、合わせる顔がないって、踏ん切りがつけられなかった」

「いや、もうべつに俺はいいし」

あの折の出来事に関しては、むしろ自分の内面の問題なので、粕谷自身はただのきっかけというにすぎない。映画館への足を止められ、やれやれと思いながら牧野のほうに視線を転じた。

（悪いな。なんかややこしいのが現れて）

仕草と目顔で伝えると、いいんですよというふうに牧野もまたまなざしで応じてくる。つかの間見つめ合ったふたりは、向かいから聞こえてきた苦い声に姿勢を変えた。

「だって、関目さん。俺のせいですげえ迷惑かけたから」

「ほんと、いいって。昔のことだ。それよか、おまえ、さっきの店ではたらいてんのか？」

「はい。三年前から正社員にしてもらって。それに、あのあと子供も産まれて、俺もう二児の父親です」

粕谷は関目とおなじ歳で、それでふたりの子持ちという。内心早いなと感じたが、記憶をたどれば十八のとき、粕谷の彼女は妊娠していた。

（だとしたら、そんなもんか。真面目にはたらいて、父親にもなってんだ。過去を引きずってのことじゃなく、これでけじめをつけたいっていうんなら）

粕谷の顔はそれを裏書きするように真剣味に溢れている。ならばと関目は口をひらいた。

「なにか言いたいことがあるんなら聞いとくぞ？」

話してみろとうながすと、粕谷は一瞬顔面を強張らせ、それからふたつに腰を折った。

「あんときは、ほんとすんませんっした！　関目さんにはものすげえ迷惑かけて。俺があんとき警察に黙ってくれって言ったばかりに。警察の事情聴取を何度も受けて、そのせいで彼女も友達も失くしたって……俺はそれを知っていたのに、結局自首することも、関目さんにあやまることもできなかった……！」

「そりゃ、しゃあねえだろう？　おまえだって追い詰められていたんだし」

なだめる台詞を、しかし粕谷は承服できないようだった。

「だけど、俺！　いまなら絶対あんなふうにはしなかったのに！」

「俺もおまえも、いまよか七年分ガキだったんだ。ああならこうだとか後悔しても、それこそしゃあねえことじゃないのか？」

「それは……はい、そうなんですけど……」

粕谷は唇を噛み締めて下を向き、ややあって面をあげた。

「ほんとにすげえ後悔してます。だけど、ようやくわかりました。そのことがあったからこそ、いまの俺があるんだなって。あやまって簡単に許されようとか、甘かったっす」

「俺ならべつに気にしてねえぞ。最初から許さねえとか思ってねえし」

これは関目の本心だったが、粕谷は横にぶんぶんと頭を振った。

「関目さんはそういうひとで。それを充分わかってて、俺は汚《きたね》えことをした」

「でもそれは、てめえだけのためじゃねえだろ？」

あのとき、粕谷は彼女に妊娠を打ち明けられて、どうしようもないくらい追い詰められていたのだった。ふたりとも家庭には恵まれていなかったから、家族に言えば子供を産むことは許してもらえなかっただろう。

ふたりで暮らす金が欲しくて、子供を産ませる金が欲しくて、粕谷は悪いと知っていながら違法ドラッグの売買に手を出したのだ。

なんとか金は貯《た》まったものの、高校生が荒稼ぎをしていると噂が立って、夜の街でやたらと顔の広かった関目が警察にマークされる結果となった。

――頼んます、関目さん。もしも警察になんか聞かれることがあっても、俺の名前は出さないでくれませんか！　やっと金ができたんす。これであいつに赤ちゃんを産ませてやれる。だから……関目さん、お願いします！

粕谷から土下座せんばかりに頼まれ、関目は警察で沈黙を守り通した。そのせいで心証を悪くして、かなり厳しく問い質されたし、お咎《とが》めなしと決まったあとも、人間関係でそれなりの代償を支払わされた。

それでも、家族と担任教師だけは関目の無実を信じてくれて、お陰で家に居場所がなくなることもなく、学校側の処分も食らわずに済んだのは幸運だったが。

「俺、ずっと悪いことをしたんだって思って生きます。んで、ちょっとでも真人間になるしかないって」

粕谷の顔は生半可な返事など求めておらず、関目も彼の決心を真摯な気持ちで受け止めた。

「だったら、そうしろ。俺もべつにえらそうに説教垂れる柄でもねえし。おまえがそう思や、それがほんとってことだろうしな」

「はい」

「ま、嫁さん子供を大切に……って、彼女もいねえ俺になんか言われたかねえだろうけど」

関目がにやっと笑ってみせると、ようやく粕谷も表情をほころばせる。

「彼女ならいるじゃねえすか。関目さんにお似合いの可愛い子が」

「え……？」

「え、って。その子がそうじゃないんすか？　俺、店んなかで関目さんに声をかけようと思ってて、だけどあんましふたりが仲良くしてるから。雰囲気壊しても悪いかなって、店を出るまで待ってたんすよ」

関目と牧野はふたり同時にまばたきをした。どうやら粕谷には店内でのふたりの会話は聞こえておらず、牧野のことを関目の彼女と思ったらしい。

牧野の声質は当然ながら男のものだが、さっきのひと言くらいでは、いろいろいっぱいになっていた粕谷には判別できなかったのだ。

（この顔で、この体型だ。粕谷が勘違いしてんのも無理ねえか？）

そのうえ牧野の着ている服は胸のあるなしがはっきりするようなものではないから、よりまぎらわしく見えたのだろう。

「いや、彼女っていうわけじゃ……なくて、その」

しどろもどろになりながらつぶやくと、またも粕谷がにこにこしながら言ってくる。

「またまたぁ。関目さんがそんなふうに雰囲気を出してるの、実際初めて見ましたし。可愛くて可愛くてしかたがないって、そんな感じ？」

もはや粕谷に言い返すこともできなくなって、関目はうう、と低く唸った。

「……牧野、行くぞ」

窮したあまり、手近にあった腕を摑んで歩き出す。頭を下げて見送る粕谷を視界の端に捉えたが、そちらはもはやかまっていられる余裕もない。ずんずんといきおいまかせに進んだあとで、

「あの、関目さん。手を……」

遠慮がちに牧野に言われ、関目はようやく相手を困らせていることに気がついた。

「あ、そっか」

あやまりながら手を離し、今度はスピードをゆるめて歩く。

「あーっと、なんだ。さっきは変な誤解をされてたようだけど。俺はべつに……女みてえと

か思ってないから」

よそを見たまま牧野に言うと、横でうなずく気配があった。そうしてしばらく無言でいたのは、なにか妙に気詰まりな空気が漂っていたせいだ。

(……おいおい。なんだこれ。つぎの台詞が思いつかねえ)

隣の存在をめいっぱい意識して、そのくせなにも切り出せない。こんなのは勘弁してくれよと関目は思う。

「あっと、その、今日観る映画な、俺の独断でアクションものにしたけどいいか?」

映画館の看板を目にしたあたりで、ようやく喉から声が出てきた。牧野もほっとしたように口をひらく。

「アクションはおれも好きです。映画館のスクリーンなら、迫力もすごいですよね?」

「だよな。テレビとは比べもんになんねえぞ、って、自慢たらしく言えないか。映画館に来るのなんてひさしぶりだし」

「おれもです」

「牧野はどんだけひさしぶりだ?」

「たぶん……小学生でしたっけ。夏休みにはいつも野外上映会があるんです。小学校の運動場に白い大きな幕が張られて。友だちと地面に座ってそれを観るのを毎回楽しみにしてました」

「そりゃいいな。そのときは、なにを観たんだ？」

ふたりとも口早で、言葉数が多くなっているのには気づいたが、むやみと落ち着かない沈黙よりはずっといい。

「ポケモンです。あれはすごく感動しました」

「なるほどなあ。んじゃ、今度ＤＶＤを借りてきて家でも観るか？　おまえんとこにはデッキがないけど、俺のやつを持ってくるから」

関目がそう言ったとき、ふたりを取り巻く空気は普通になっていて、関目は心中でほっと安堵の息をついた。

（これでまあ、暗いとこで隣り合って座っててもいけるよな）

その思考がすでにずれていることはとりあえず棚あげしておく。

チケットを二枚買い、館内の売店へと急ぎながら、関目は明るい声を出した。

「お。牧野、あれを見ろ。いろんな味のポップコーンを売ってるぞ。あれも買っていくだろう？」

それからふたりでアメコミ原作の映画を観て、その感想を言い合いながら、関目は牧野を暖簾《のれん》のかかるちいさなラーメン屋に連れていった。麺《めん》は硬めで出汁が利いた醤油《しょうゆ》味のラーメンは牧野の口にも合ったらしく、しきりに美味しいと言いながら丼の最後の一滴まで飲み干した。

そのあと店を出て、けやき広場に着いたときすでに日は暮れていて、特設会場周辺のイルミネーションが鮮やかだった。

「関目さんはこんな感じの音楽が好きなんですか？」

「まあ、そうかもな。理屈とかはいらねえんで、ノリがよけりゃなんでもいい」

こんな感じと牧野が言うのはハードロックのバンドのことで、ステージ上にメンバーが現れるや、前列に陣取っているファンたちが熱狂的な喝采を送っている。

観客はすべて立ち見で、ステージを取り巻くかたちで人々が密集していた。

「牧野、もちょっとこっちに来い」

オープニングの曲がはじまり、客が動き出している。関目たちは列のちょうどなかほどにいて、前に進もうとする観客が突き飛ばすかのいきおいで押してくるので隣に並んでいることもむずかしくなっていた。

「くそ。こんなに混むとわかってりゃ、もっと後ろにいたのにな」

今夜のバンドは関目の知り合いがメンバーにいて、時間があれば観に来てくれとメールをよこしていたのだった。どうやらインディーズのバンドのなかでも急成長しているらしく、ライブハウスで前に演《や》ったときよりもかなり客が増えていた。

曲が進むにつれて猛烈に押しまくられ、さらには何人かで手を繋ぎぐるぐる回る客までも現れて、周りにいる人間が前後左右に入り乱れて激しく動く。

「ちょ……牧野！」

牧野はこんな経験は初めてらしく、茫然《ぼうぜん》としているうちに流れに攫《さら》われていこうとしている。関目はあせって細い手首を掴み寄せ、小柄な身体を抱きこんだ。

「そのうちダイブとかやらかしてくるはた迷惑な連中がいるからな。あぶねえからこうしとけ」

牧野を守って、自分に摑まるように告げると、彼はこっくり首を振る。

ハードな演奏と、ファンたちの歓声とで、周囲は大音響につつまれているのだが、耳のいい牧野には普通の声でも関目が言うのを聞き取れるようだった。

「スタンドオンリーのライブは、つぎからはやめるべきだな」

ぼそっとつぶやいた関目の声も洩れなく拾って、牧野がなぜかと聞いてきた。

「だって、おまえが潰れんだろうが」

「大丈夫。平気です」

そんなことを言うけれど、関目は心配で回した腕が離せない。もはや演奏を聴くどころではなくなって、関目が胸にいだいた身体をさらに自分に引きつけたとき。

（……あー、これやばい）

細いのに、牧野は肉質がやわらかいのか、ものすごく抱き心地がいい。おまけにシャンプーの匂いなのかなんなのか、いい香りまで鼻孔をくすぐる。

(なんか美味そう)と反射的に思ったのは、瞬時に頭から叩き出したが、胸にぴったりくっついている牧野の身体の感触はかき消すことができなかった。

(うわ。息がもろ胸にかかって……)

牧野は顔をあげないで、関目に抱きつく姿勢でいるから、その息吹《いぶき》も、ぬくもりも、はっきりと感じ取れる。

「……あのな、牧野。今日出くわした粕谷だけどな」

切り出したのは自分の意識を逸らすためだが、この話題を選んだのは牧野にそれを告げたかったからでもある。

(牧野に出会って、俺は変わった)

偶然昔の知り合いの顔を見て、はっきりとそのことを自覚した。二十歳のときに、十五歳の牧野を知った出来事は関目のなかで決してちいさいものではない。

「あいつは妙に恩義を感じていたようなんだが、俺はほとんど粕谷のことを忘れてた。あれは俺の気持ちのなかじゃ、とっくにけりがついているんだ」

「けりが、ですか?」

顔をあげないで牧野が聞いた。関目は「そうだ」と言を継ぐ。

「前にも牧野に言ったと思うが、俺ん家は家族が多くて、弟と妹の世話係は俺だった。そのせいで、ろくすっぽ遊びとかは行けねえでいたけどな、まあそれもしゃあねえかと思ってたんだ」

しかし、工専に入ったころから幼い弟妹も成長し、世話をしなくてもよくなった。そのため関目は期せずして高校デビューを果たし、どんどん知り合いを増やしていった。

元々ひとの世話をするのは嫌いではなかったし、新しい世界を知るのは単純に面白かった。どこにでも入りこみ、誰とでも話したし、度胸もあり、やばいことを嗅《か》ぎ分ける勘もあって、気がつけば夜の街では結構顔が利くようになっていた——と、そのようないきさつを牧野に打ち明け、

「エネルギーがあり余ってて、なんかいろいろやってねえと落ち着かない気分だった。あちこち動き回っていたら、ダチだのなんだのが増えてきて、頼られて、それなりに満足してたのは俺もみとめる」

「関目さんはいまでもみんなに頼られてます」

「まあそうだけど、あのころといまとは違う。なにより俺の気持ちがな」

「……どんなふうに違うんですか？」

「粕谷のことは時効っつうか、いまはもう済んだことだと思うから言うけどな、あいつは彼女に子供を産ませてやるためにどうしても大金が欲しかった。だから、違法と知っていて、

ドラッグの売り買いに手を出した。どうにか金は貯まったが、警察にその人物の当たりをつけられて絞りこまれた。まあ、それで、俺とかが――」

関目はそのあとをぼかしたが、聡《さと》い牧野はそのことを察したようだ。

「関目さん、わざと捕まったんですか？」

「わざとじゃねえけど、事情聴取を受けたのは事実だな。で、度重なる警察からの呼び出しに、女も友だちも離れていった。俺とつるむとさすがにやばいと思ったんだな。そのとき俺は愕然《がくぜん》とした」

そこでいったん言葉を切ったら、しばらくしてから痛ましそうな表情の牧野がおずおず聞いてくる。

「それは、そのひとたちに背かれたと思ったから……？」

「そうじゃねえ。背かれてもいっこうに俺が平気だったから」

斟酌《しんしゃく》なしにぶつかってくる連中から背中で牧野を守りつつ、関目は淡々と打ち明けた。

「失くしても、たいしてどうってことはねえ。だったら、俺がほんとに欲しいものはって……まあガキの発想で、空回りしてたんだけど、当時の俺には切実な問題だった。いろんなことして、だけどなにも大事とは思えねえで、気分ばっかあせって荒れて」

「……おれが最初に会ったとき、関目さんは不機嫌そうな顔してました」

「あー、まあな。まだあのころは青くせえ気分を引きずっていたからな。だけど、俺はたぶん牧野に出会って変わった」

「おれに……？」

牧野が顔をあげ、大きな眸で関目を見あげる。その目を見返し「ああ」と関目はうなずいた。

「慣れないことでも努力して、ひとつずつ積みあげている牧野を見てたら、自分が阿呆《アホウ》に思えてきた。あるものをおざなりにして、ないものばっか欲しがってる。これじゃまるで駄々こねるガキとおなじだ。そう気づいたら、なんか憑《つ》きものが落ちたみてえな気分になった。そんで、元からやってみたいと思ってた製造部門に回してもらうよう交渉したんだ」

牧野はじっと関目の顔を見つめている。黒目の部分が大きくて、ちょっとどこを見ているかわからない牧野の様子は最初のときとおなじだと思う。

「やっぱ製造に移してもらってよかったし、いまの仕事は大事だし。んで、そのきっかけは牧野がくれて……だから、牧野も俺にとってはすごく大事だ」

言うと、牧野がさらに大きく目を瞠る。

「おれが……大事？」

「もちろんだ」

本当のことなのでうなずいた。すると、牧野がなにか巨大な塊を呑みこみでもしたようにぐっと息を詰まらせる。それからややあって、彼はふいにうつむいた。

「……おれも、そうです。関目さんが前にくれたあのガムは、おれにとって宝物です」

かすかに震える細い声。きっと大切な事柄を打ち明けてくれたのだろうが、残念ながら思い当たる節がなかった。

「悪い。牧野。ガムってなんだ?」

「おぼえてなくても当然なんです。すごくささいなことだったから。おれが仕事で失敗をしてしょげてたら、関目さんがたまたまそこを通りかかって。それで、おれに『牧野はよくやってるよ』って、持ってたガムをくれたんです」

(……それだけか?)

思ったことが伝わったのか、牧野がこくんとうなずいた。

「それだけのことなんですけど……あのころおれは自分がどこにいるのかがわからない気分でいたから。こっちに来たから富山のときの友だちもいなくなって、家族も……みんな……」

牧野の声が頼りなくそこで途切れる。胸が痛くて、なにかを言ってやりたくて、関目が口をひらこうとしたときに牧野がまた話しはじめた。

「そんなときに関目さんがおれにやさしくしてくれて。そしたら、すごく遠くにあった風景が急に近くで色をつけたみたいになって。ああ、そうだった。当たり前の生活ってこうだった。なんでもなく挨拶し合って、ひとの好意をごく素直に信じられる、そんな気持ちを思い出させてくれたから……関目さんはおれにとって、特別に大事なひとです」

そんなことを言ってくれた牧野の顔がどうしても見たくなって、関目は細いその顎に手を添わせて持ちあげた。牧野は逆らわず眸をあげて、見下ろす関目と視線を合わせる。

その瞬間（キスしてえ）と思ったのは、もはや自分にも隠しきれない情動だった。

（これが欲しい。ものすごく。なによりも。欲しくて欲しくてたまらねえ）

理屈なんかどうでもいい、本能的な強い欲求。

しかし、それでも関目は牧野を裏切らないと誓ったのだ。

「俺も牧野は特別だ」

全身から噴きあげてくる衝動を散らそうと、関目は努めて無造作な口調をつくった。そうして、ちいさな頭を撫でて、さりげなく視線を外す。

「……やっぱこいつらのライブは危ねえ。集団でダイブとか、救急車呼ぶ気かよ」

友だちの身体をみんなで持ちあげて、観客の上に投げこむ。そんな様子を眺めて関目が言ったのは、もうこれ以上おのれの心の内側をのぞきたくはなかったからだ。

そうでなければ、自分は牧野になにをするかわからない。

熱狂する人々のなか、ふたりだけが違うところにいるような気分がしている。離さなければと思うのに、牧野を抱いた腕は力をゆるめられず、全身を餓《う》えと渇きの感覚に苛《さいな》まれる。

渇いた心は、餓えた身体は、この腕のなかにいる存在を欲しがって、じりじりと熱を高める。

「あっつ……っ」

それが周囲の熱気のせいだと思ってくれと、関目は心中で願いつつこのやわらかで貴重なイキモノを抱き締めていた。

◇　◇

牧野が関目とライブに行って、四日が経った。表面上はなにごともないこの数日間。しかし、牧野の心の内は大揺れに揺れていた。

「悪《わり》、牧野。醤油《しょうゆ》取って」

「はぃ……、っ」

こうして夕飯のとき、座卓にあった醤油差しを手渡して、指がちょっと触れただけでも心が震える。あからさまには出さないものの、こうやってふたりきりで向き合って食事をすることでさえなんとも恥ずかしい気分になって、動悸《どうき》がして抑えられない。食事が終わって、片づけを済ませると、牧野が部品構成表の勉強に取りかかるのも、これに集中していれば多少は気詰まりでないからだ。

しばらくは関目に教えてもらったメモに、自分のおぼえ書きを足し、せっせとシャープペンシルを動かしていたのちに、

(……煙草、吸いたくなってるのかな)

テレビに視線を向けている関目をちらっとうかがえば、片方だけ立てた膝に指を置いて、それをとんとん動かしている。なんとなく落ち着かないふうの関目の様子に、牧野はしばし迷ってから、ちいさく声をかけてみた。

「あの……よかったら、煙草、どうぞ」

とたん、関目がこちらを向いて、もろに視線が合ってしまった。

(う……)

大きく目を見ひらいたまま、まばたきができなくなった。ついで、息も止まってしまい、日に焼けた精悍なその顔をものも言えずに見つめるばかりだ。

「……じゃ、一服するか」

微妙にぎこちなく視線を外し、関目が膝に手を当てて腰をあげる。ベランダに向かう彼を見送って、牧野はほうっと息をついた。

(おれの馬鹿。意識しすぎだ)

ライブがあったあの晩から、牧野は関目に対しては無心ではいられない。工場にいるときはともかくも、帰りのバイクで関目の腰に手を回すのも目の前がちかちかするほど頭に血が

のぼってしまうし、部屋に戻って閉ざされた空間で彼と一緒に過ごすのも自分の心臓の強度をためされている気分になる。

(なんでこうなるんだろ。前は平気でうれしいばっかりだったのに)

もっと以前、牧野が寮にいたころは、関目が自分の身近に来るとかるい緊張をおぼえたけれど、いまはもうそんなものではなくなっている。かるいどころか緊張感でがちがちになってしまい、普通に話をしているだけで精いっぱいのありさまなのだ。

牧野が意識しすぎているから、関目にもそれが移ってしまうのか、ここしばらくは彼の表情もなんとなく硬いようだ。

(せっかくここにいてくれるのに。居心地悪くさせちゃいけない)

関目は最近、テレビで観る番組にドラマも映画も選ばない。たまたま観ていたドラマのなかでラブシーンがはじまって、なんともいえない気まずい空気が部屋に流れたからだった。おまけにそのあと関目が立ちあがった際、牧野はびくっと全身を跳ねあげて、それを彼に見られたときの決まりの悪さといったらなかった。

(は、早く、お風呂に入って寝てしまおう)

そうすれば、互いに顔を合わせる時間がいくらかでも少なくできる。

関目が嫌になったというわけではないのに。むしろその反対なのに。どうしてこんな気持ちになるのか。

西脇に『関目さんはいいひとです。かっこいいし、やさしいし。おれ、ほんと大好きです』なんてことを言ってから、さほど日数は経っていないのに、いまはもうあんなことを無邪気に告げられるゆとりがない。

牧野はそそくさと勉強を片づけて風呂を済ませ、今夜も関目と交わす言葉は少ないままに布団に入った。

（……眠れない）

仕事で身体は疲れているから、すとんと眠りに落ちていってもいいはずが、いつまで経っても目は冴《さ》えている。

（どうしよう。もうすぐ関目さん、こっちに来るのに）

思うと余計に寝られなくなる。布団の端っこで、身を硬くして困っていると、ついに関目が襖を開けて寝る部屋に入ってきた。

（わ……わ……）

思いっきりあせるけれども、なにをどうすることもできない。ただひたすらに息をひそめて縮こまった姿勢でいたら、関目がタン、と後ろ手に襖を閉めた。

（ど、どうしてそこで立ったまま……?）

目を閉ざしてはいるのだけれど、部屋の端から関目が牧野をじっと見つめているような、そんな気がする。牧野はもう一ミリも動けずに、背の高い男の気配をこの身に感じているだけだ。

すごく長く感じられる息詰まる時間のあとで、関目がぼそりと声を発した。

「……牧野。もう、寝たのか？」

とても低く、かすれているような男の響き。心臓を大きく跳ねあげながら、しかし牧野は返事ができない。

（い、いいえなのか、はいなのか。どっちにすればいいんだろう……っ）

実際には迷う以前に喉もなにも強張って、返事をするどころではないのだけれど。

牧野がまるで石ころみたいに固まったままでいると、やがて関目はふうっと大きく息を吐いて、ゆっくりこちらに近づいてきた。

布団をめくり、背を向けた牧野の隣に身を滑りこませる動作に、なおさら脈動が速くなる。

（心臓、壊れるっ……）

どきどきするなんてものじゃない。もう駄目だ、わーっと叫び出しそうだ。

そんな衝動に駆られていたら、緊張しすぎで頭がショートしたのだろうか、ぷつっと意識が途切れてしまった。

ここのところ眠りが浅くて、疲れが溜まっていたらしく、泥のなかに沈むみたいな眠りのあとで、牧野はふっと目蓋をひらいた。

（……わ！）

目覚めるなり関目の顔が大写しで視界に飛びこむ。関目はすでに目覚めていて、感情の読み取れないまなざしでこちらを見ていた。

「……おはよう、牧野」

「おはよう、ございます」

ふたりとも起きたから、布団を出ていけばいい。なのに、どちらも動かない。牧野は関目の腕を枕にはしていなかったが、横向きに寝転んでいて、この体勢だと男の顔が真正面の位置にある。そこから眺める関目の顔は、顎のあたりに翳りがあって、それが彼を男っぽく色っぽく見せていた。

（い、色っぽいって……）

自分の想いにあせった直後にふわっと男の匂いを感じ、とたん、上にしたほうの牧野の耳がぴくっと動く。

（は……っ）

反応したのは耳だけではなく、自分の一部もだったから、牧野はさらに追い詰められた。

（なんでっ、おれ……!?）

脚のあいだが露骨に変化を見せているのか。朝の自然現象と思いたいけど、牧野はそういった欲望が薄いのか、寝起きにいきなり兆したなんておぼえはない。ましてや、関目とひとつ布団のなかにいるのに。

（どうしよう。こんな、関目さんに気づかれたらっ）

そうしたあせりと怯えとが顔に出たのか、目の前の男の表情がふいに翳った。

「……なにもしねえよ」

言ってから、関目は牧野に背を向けて、布団のなかから抜け出した。

「って、なに言いわけしてんだか」

ごくかすかにつぶやいてから、関目は明るい調子の声を落としてくる。

「ほら、牧野。まだ寝惚けてるんなら、眠気覚ましにシャワーでも浴びてこいよ。俺はそのあいだ、朝メシでもつくっとくから」

牧野の顔を見ないままに放たれたうながしに、ようやく身体の強張りが取れ、牧野は布団から飛び出した。

なにも走ることはないのに。まるでこれじゃ逃げ出したみたいだと思われてしまうのに。それでも、足は止まらずに、牧野は浴室に駆けこんで冷たくしたシャワーを浴びた。

（……ふう）

どうにか股間の反応が治まって、牧野はほっと息をつく。自分で処理してもよかったけれど、関目が台所にいるというのにそんなことはとてもできない。

（だって、したあとすぐに関目さんと）

この手で性欲を処理してまもなく、なに食わぬ顔をして関目と食事をするなんて考えられない。男だったらそういうこともあって当然とはわかっているけど、とにかくそれは困るのだ。

（普通にしとくんだ。関目さんを変に意識しすぎない）

何度も自分にそのことを言い聞かせ、今度は温かくしたシャワーを浴びて、牧野は浴室のドアをひらいた。

「……わっ！」

バスマットを踏んだとたん、その足元をなにかが走り抜けていく。茶色い昆虫は牧野が苦手な種類のもので、よそに気を取られていた分、大きな声が出てしまった。

「どうしたっ⁉」

声とともにいきなり脱衣所の引き戸がひらいた。風呂あがりの牧野は当然、髪も身体も濡れている。一糸まとわぬ姿のまま関目とまともに向き合って、牧野はがちんと固まった。

（う……）

たぶん頬も強張っていたのだろうか、ややあって、関目がすっと視線を逸らした。

「牧野の叫びが聞こえたから、なにかあったかと思っただけだ」

悪かったなと言いながら、関目がそこから去ろうとする。

「ま、待って」

牧野はとっさに呼びとめた。

(さっきみたいにあせっちゃ駄目だ)

関目の気分を悪くさせる。牧野は必死で考えて、喉から声を絞り出した。

「べっ、べつに見てもいいですよ」

「……え⁉」

驚いた顔をして、関目がばっと振り返る。

「あの。おれたち男同士ですから。裸を見られたくらいのこと、特にどうってことはなくて」

心臓が痛いくらい高鳴っていたけれど、なんとか牧野は平静をよそおえた……ような気がする。

関目はつかの間なんともいえない顔をして黙っていたが、やがて唇の片端をあげながら視線を落とした。

「あー……そっだよな」

「ほ、ほんとにおれ平気なので。気にしないでくださいね」

「気にしてねえよ」

関目は言いながら、引き戸をゆっくり閉めていく。

男の姿が視界から消えたとたん、膝が砕けて座りこみそうになったのを、どうにか壁にすがってこらえる。と、直後に戸の向こう側から声が聞こえた。

「悪いけど、今日は先に工場へ行く。代わりに千林が牧野をここまで拾いに来るから」

「え、いいですよ。おれは自分で工場に行けますから」

「もうメールで頼んだんだ。あと、朝メシもつくっといた」

「すみません……」

引きつる顔で牧野は声のするほうにふらふらと歩み寄った。

「牧野があやまるこっちゃねえ。いま、掛かってる製品がちっとトラブル起こしててな。精度向上の打ち合わせで、もしかしたら受注先に出張するかもしんねえし。そんときは、牧野の携帯にメールを入れる」

「あ、はい」

それきり声がしなくなった。耳を澄ましてもなんの物音もしてこない。しばらくしてからたまらず牧野が引き戸を開けるのとほぼ同時に、玄関の扉が閉まる音がした。

「あ……」

力が抜けて、牧野はその場にへたりこむ。

関目はその気になれば、耳のいい牧野からでも気配を消すことができるのだ。それとおなじに彼は簡単にこの部屋からも出ていける。

牧野と同居していることは彼にとって義務でもなんでもないのだから。

（関目さん……）

関目に嫌われたくない。彼とはずっと一緒にいたい。あのライブの夜みたいに、抱き締めていてほしい。

「……好き、だから」

ぽつっとつぶやいた自分の声が牧野の胸に突き刺さる。

前よりもずっともっと関目が好きだ。それなのに、以前のようににこにこしながら関目に寄り添っていられない。

（笑わなきゃ、駄目なのに……）

――牧野はいいな。いつも感じよく笑ってて。

そう言ってくれた関目。牧野は両手を頬に当て、それをぎゅっと持ちあげた。

だけど、無理やりつくった笑顔は、しょせん少しも長持ちしなくて。

歪んだ笑顔で眺める視野には関目のつくった料理が映る。

座卓の上にはふたり分の用意があるのに、彼は食べていかなかった。仕事のことを思い出し、急いでいたせいだろうか。それとも――。

牧野はこの朝、初めて家族の位牌に挨拶をしないまま自分の部屋を出ていった。

◇　◇

その日、関目は食堂に現れなかった。彼が今朝《けさ》言ったとおりに組立中の製品がトラブルを起こしていて、その打ち合わせをするために納品先の名古屋に行ったということだった。

昼の食事をしていたときにそれをメールで知らされて、牧野はおぼえず張っていた細い肩から力を抜いた。

（言ってたとおりにメールをくれた。関目さんはおれを避けたんじゃなかったんだ……）

牧野の態度の悪さを嫌って、先に部屋を出たわけじゃない。そのことにつかの間胸を撫で下ろし、一瞬後には自らの想いを恥じた。

（嫌だ、俺。自分のことばっかりになっている）

関目は仕事でたいへんなのに。それで安心するなんてどうかしている。

（どうしてこんなに駄目なんだろう）

ライブに行ってから――いや、思えば関目が牧野の部屋に来てくれてから、前とは気持ちが変わってしまった。

関目のことが四六時中頭から離れない。工場にいるときも、帰ったときも。なにをしているときでも、どこか心の奥底に関目の存在が消えないでいる。

「牧野くん?」

隣から千林の声が聞こえて、牧野はもの思いから引き戻された。

「あ……はい?」

「食があまり進まないようですね。昨日の外出で疲れましたか?」

「えっあっ、べつに疲れていません。楽しくて、あの、映画も面白かったですし、ラーメンとかもほんとに美味しかったので」

しどろもどろになったのは自分でも知っていた。けれども千林はそれを指摘することはなく、にっこり笑って「そうですか」と流してくれた。

「どうやら今晩関目くんは出張先から戻ってこられないみたいですよ。帰りは遅くても明日の昼ごろになるだろうって」

昼前にそんな連絡が来ましたと千林が告げてきた。

「仕事帰りは、ぼくが車で送りましょうか?」

「いえ、大丈夫です。今朝も来ていただいて、手間をかけさせて申しわけなかったです。今日はおれ、自転車で帰りますから」

言うと、千林は「いえいえ」と手を振った。

「手間なんかじゃないですけど。……だけど、それもいいかもですね。たまには乗ってやらないと、自転車が寂しがるかもしれませんし」

「ですね。ほんと」

千林の軽口にちいさく笑う。そして、笑える自分に気づくと、なんともいえない気分になった。

千林にはこんなにも簡単に笑顔になれる。なのに、関目に対しては……。

牧野は複雑な心境のまま食堂から持ち場に戻り、午後の業務が終わったのちに自転車で部屋まで帰った。

(静かだな……)

独りでいるのはこんなにも心許《こころもと》ない気分になるのか。牧野はリモコンを手に取った。テレビが点くと、画面の光と流れる音とが室内の空間を満たしてくれる。ふうっと身体の力を抜いて、ひとり分の食事の支度に取りかかった。

(あれ……?)

やってみて気づいたが、以前よりも段取りがよくなっている。じょうずに味つけができたのも、関目がいろいろ教えてくれたお陰だろう。

(でも、いつもより……)

食事が美味しく感じない。部屋も妙に広く感じる。牧野はもそもそと食事を終え、洗いものを済ませると、今夜はさっさと寝てしまおうとシャワーを浴びて、布団を敷いた。

(今朝までは、どこに自分を置いたらいいのかわからないくらいでいたのに)

関目の存在を部屋いっぱいに感じていて、息が苦しくなるほどだった。なのにいまは自分がちいさくなったみたいに、壁も天井も遠く感じる。

昔、東京に来たばかりのころ、目に映る光景がこんなふうだったなと考えて、牧野はぶるっとかぶりを振った。

(あのころとは違うから)

いまここにいなくても、関目は牧野にいろんな気持ちをくれたのだ。それはいつか関目がこの部屋を出ていってしまっても、彼がくれたあのガムとおなじように牧野の心に残っている。

やさしくされてうれしいと思うこと。それを糧に頑張ろうと思うこと。自分を素直に相手に委《ゆだ》ね、その分少しでも相手のためになろうとすること。それらの気持ちは決して消えることのない、牧野の大切な宝物だ。

「……明日、出張から帰ってきたら、おれが夕食をつくりますね」

そして、多少は料理の腕があがったところを関目に見てもらうのだ。

弱気になった自分を恥じて、牧野は両手で自分の頬をぺしぺし叩き……直後にさっきとは違う感じで不安になった。

(なんだっけ。なにかを忘れているような……?)

そのときだった。玄関のチャイムが鳴らされ、牧野は背中を跳ねあげた。

(誰だろう)

新聞の勧誘だったら、ドアを開けずに断ろう。一度粘られて困った経験を思い出し、牧野は玄関の前に立った。

「どなたですか?」

「わたしだよ」

返ってきたのは、勧誘員よりよほどの経験をさせられた人物の声だった。

「お、大谷部長……?」

「そうだ。牧野くん、ここを開けてくれないか」

「な、なぜ、ここに?」

「理由を言うから、開けなさい」

腕を伸ばしかけ、牧野はぎゅっとその手を握った。

「は……話があるのなら、そこで言ってくれませんか!」

ドアの向こうに牧野が叫ぶと、通路からは舌打ちの音が返った。

「わたしはきみの上司だよ。ドアも開けないで、失礼だとは思わないのか?」

「でっ、でも。おれには理由がわかりません」

「言うから、ここを開けなさい。きみにはそれすら理解できていないのか⁉」

高圧的な男の響きに、牧野は気をくじかれてドアの内鍵に手をかけた。

(……ま、待って。違うから)

鍵を開ける寸前に、なんとか牧野は思いとどまる。

「申しわけありませんが、今夜はお会いできません。用件があるのなら、明日会社でうかがいます」

「部長のわたしに締め出しを食わせる気かね⁉」

ドアを開けろと、今度は強く命令される。

「関目くんのことについて、聞かせたい話があるんだ。わたしをこのまま帰したら後悔するよ」

じりじりと後ろに下がっていきつつあった足がそこでぴたっと止まった。

「関目さんの……⁉」

「そうだ。彼の過去に関しての重大な用件がある」

(部長のこれを丸呑みにしてもいいのか……だけど、嘘じゃなかったら？)

牧野は逡巡《しゅんじゅん》巡を振りきって鍵を開け、玄関のドアノブに手をかけた。

「……わっ」

自分でそうするまでもなく、ドアが外側からひらかれる。引っ張られてたたらを踏んだ牧野の前で、大谷は機嫌悪く鼻を鳴らした。

「話も聞かずに締め出そうとするなんて、きみがつきあっている友人の影響かい？　上司にとんだ態度だね」

関目のことを当て擦られて、カッと頬が赤らんだ。

「関目さんは関係ないです」

「おまけに屁理屈《へりくつ》。きみには本当にがっかりしたよ」

筋違いの決めつけに牧野は唇を噛み締めた。言い返さなかったのは、自分が会社の組織の上では彼の配下にあるという立場がそうさせていたからだ。

けれども、部屋にあがってきた大谷が関目の過去を誇張して聞かせたときには平静ではいられなかった。

「前科とか、そういうのは事実とは違います。おれは知っているんです。関目さんは悪いことをしていません」

「だけど、それは関目くんサイドから言いわけされての話だろう？　彼が自らをかばったとは思わないかい？」

「そうじゃなくて、おれは……」

粕谷にも会ったから。だけどそれは大谷に言ってもいいのかわからない。牧野が迷う顔になったら、大谷が背筋を反らした。

「どっちにしても、これが会社の上層部の耳に入れば、関目くんは少々まずいことになる。さいたま工場のみならず、粟津工業全体の問題だ」

大げさに言い立てる大谷に違うんだと怒鳴ってやりたい。だけど、牧野が感情まかせにそうしたら、関目の立場が悪くなりはしないだろうか？　大谷は工務部長で、しかも数カ月前までは本社にいたのだ。会社に対する彼の影響力は当然ながら大きいだろうし、調達課の下っ端がなにか言っても、上のひとたちは聞き入れてはくれないだろう。

そうした心の惑いを見抜かれてしまったのか、大谷が牧野の腕を摑みあげた。

「はっ、離してください！」

「きみがそう言うのはおかしいよ。これからすることは、きみも合意の行為だからね。関目くんが大事なら……きみにもわかっているだろう？」

「そんな、卑怯《ひきょう》です……！」

「と、言いながら抵抗をやめるんだ？　きみはもう無垢《むく》な子じゃないんだね。あんな男に身体を許して、すっかり汚れてしまったんだ」

穿《は》いていたコットンパンツの内腿を大谷が手のひらで撫であげる。ぞっと悪寒を走らせながら、牧野は違うと声を絞った。

「そんなこと、してません……っ。だから、その手を……」

「本当に？」

まったく信じていないように問いかける大谷は、獲物を前に舌なめずりするケモノのようだ——牧野はそう考えて、すぐさまそれを打ち消した。

(違う。このひとはケモノじゃない。心の醜いニンゲンだ)

たとえば関目が濡れ髪を振って水気を飛ばすとき、動物っぽく感じた記憶は、こんなふうに気持ちの悪いものじゃなかった。牧野が耳を動かしたとき、動物みてえと関目が笑っていたことは、こんな感じの不快さを与えていたからじゃない。

「今晩、きみの同居人は帰ってこない。きみだって初めてのことじゃなし、彼には黙って愉《たの》しんでおけばいい」

「や、嫌っ……やめてください!」

「逆らう気かい? それならきみの大事なひとが窮地に立たされてもいいんだね?」

(……関目さんっ)

どうしていいかわからずに、牧野が視線を宙に向けたときだった。

ガチャッと玄関のドアノブが回るなり、なにか大きな物体が飛びこんできた。その黒っぽくて、長い手足を持つものは、猛々《たけだけ》しくもなめらかな動きを見せて、大谷のスーツの背中を引っ掴んだ。

「なっ、なん……⁉」

最後まで言いもできず、大谷の身体が後方に投げられて尻餅《しりもち》をつく。驚く牧野の視界の内には暗い色みのスーツを着た男がいて、刹那《せつな》誰かと目を瞠った。

「……関目さん⁉」

迷ったのはほんのわずか。牧野は矢も楯《たて》もたまらずに男に飛びつく。

「牧野！」

両手を伸ばした関目が牧野をすっぽりとつつんでくれる。頬に触れるスーツの生地は作業服の感じとは違っていたけど、広くて硬い胸板はおんなじで、牧野はほっと息をついた。

「きみは泊まりじゃなかったのか⁉」

座りこんだところから、大谷が声を張る。関目は肩をすくめてみせた。

「あいにく早く終わったんだよ」

関目にしがみついたまま牧野が視線を動かすと、憎々しげな顔をした大谷が目に映る。彼はせいぜい威厳を取り繕うようにして、抱き合うふたりを睨みつけた。

「上司に乱暴をはたらいて、それで済むと思っているのか？」

「牧野に乱暴な真似をしたのはあんただろ」

「口答えをする気かね⁉　わたしが警告したことをきみは忘れてしまったのか？」

関目はゆっくり部屋の奥へと後ずさり、牧野の身体を自分の背後に移し替えた。

「暴露合戦なら、俺だって負けないぜ」

大きな背中が大谷の視線から牧野を隠して守ってくれる。上着の端をぎゅっと握って、牧野は関目の発する声に耳を澄ませた。

「あんたが本社にいたときの直属の部下のひとりは、心も身体も壊しちまっていまだに休職中だって？　その本間《ほんま》という新入社員は、色白で、童顔で、あんたの好みのタイプだったそうじゃねえか。そこまでそいつを追い詰めて、あんたの良心は咎めねえか？」

「なんのことだかわからんね」

「じゃあ、牧野へのセクハラもみとめないってか？」

「言いがかりもたいがいにしてもらおうか。わたしは彼の上司として不適切な言動などしていない」

「牧野が風邪をひいたとき、勝手にこの部屋にあがりこんでいたことも？　こうして牧野を脅していたのも、不適切じゃねえってのか？」

牧野にはやり合うふたりの声しか届いてこないのだけど、どちらもしたたかに相手を負かそうとしているのが感じ取れる。状況的には当然工務部長である大谷が強いのだろうが、関目も退く気はいっさいないようだった。

「わたしは彼を脅したりなどしていない」

「その強弁はこれを見ても通用すんのか？」

関目は座卓に置いてあった、カード型の黒いなにかを取りあげた。

「こいつはボイスレコーダーで、今朝からずっと録音しっぱなしにしといたんだ。当然あんたの言ったこともこのなかに入ってる」

「なっ……⁉」

大谷が動揺したのがその声音で感じられた。関目はゆっくりとそれを自分の上着のポケットに落としこむ。

「ついでにこれも教えてやるよ。さいたま工場は近々本社と合同で委員会を設けるそうだ。そいつがいったいなんなのか言わなくてもわかるよなぁ？」

「そっ、そんな動きがあるなんてわたしはいっさい知らないぞ」

大谷はすぐさまそれの内容を察したらしい。上擦る声に、関目はふふんと鼻を鳴らした。

「そりゃたぶんあんたが当事者だからじゃねえの？　本社の本間もそうだけど、こっちの牧野にもちゃんと味方がいたってことだ」

「管理課の……あの連中か⁉」

関目はそれに応じなかったが、牧野は西脇をはじめとする菜園メンバーの顔ぶれを思い浮かべた。

「これ以上は言う必要がねえだろう？　今後の成り行きの予想についちゃ、あんたのほうが詳しそうだ」

だからもう帰りなと関目は言った。

「……てめえを見てるとぶん殴ってやりたくなるし」

これはうんとひそめたつぶやきだったから、牧野だけしか聞き取れはしなかっただろう。

それからばたばたとあわてたふうに去っていく足音がして、大谷の気配が消える。

牧野が詰めていた息を大きく吐き出したとき、関目がスーツのポケットから携帯電話を取り出した。

「……そう、俺だ。思ったとおりの展開だった。おまえの悪知恵には助けられたぜ……え、悪知恵言うな？　んだってそうだろ。それよか、おまえ、マンション前でスタンバイしてたんだったら、どうしてさっさと牧野を助けに行かねえんだよ。泊まりっつうのはあいつへの引っかけだけど、出張したのはほんとなんだぞ……や、俺が間に合ったからいいとかって、そういう問題じゃねえだろう。もしも俺が戻ってくんのが遅れたら、どうするつもりだったんだ⁉」

関目の背後で牧野は幾度かまばたきをした。もしかして電話の相手は千林なのだろうか。

なおも関目は携帯で文句をひとしきり述べてから、最後には礼を言った。

「でもまあ、ありがとな……いいじゃねえか、礼くらい言わせろよ。俺のためじゃねえことは承知してるんだっつうの……ああ。詳しいことはまた明日」

そこまで言って、関目は携帯を耳から離してボタンを押した。

「牧野。もう大丈夫だぞ」

振り返ろうとする関目の背中に牧野は両手でしがみついた。

「……どうした、牧野？」

牧野は声が出せないで、スーツの生地を摑む指先に力をこめた。

「ああそっか。さっきはすげえ怖かったよな。だけど、あいつはいなくなった。今後はおまえにちょっかいをかける余裕もないはずだ。……だから、俺から手を離しても平気だぞ。なんか温かい飲みもんでもつくってやるから」

その場に棒立ちの関目がなだめる声音を出した。けれども、牧野は摑んだ上着に額を擦りつける仕草で、離れるのは嫌だと伝える。

「牧野……ほら、平気だって」

声の調子で関目が困っているのがわかる。だけど、どうしても彼の傍から離れたくない。さらに全身をくっつけるようにしたら、関目がまるでケモノのような唸り声を喉から洩らした。

「離せ、牧野」

「……や、です」

「いますぐに離さねえと……なにすっか、わかんねえぞ」

「してもいいです……だから、おれから離れないでっ」

なにがあっても。なにをされても。どうしても。

牧野がぎゅっと目蓋を閉ざして、スーツを握り締めたとき。

(……っ⁉)

回してきた男の指が牧野の二の腕を掴みあげ、くっついていた背中から無理やりに引き剝がす。あっと思った瞬間に関目は向きを変えていて、真正面から牧野の身体を抱いてくる。

「ああくそ。俺は……っ！」

「んっ……」

目を閉じる暇もなかった。顎を摑まれ、顔をあげたそのとたん、唇を塞《ふさ》がれた。

牧野が味わう初めての口づけはあまりに深く激しくて、なにを思う余裕すらない。ぬるりと入りこむ関目の舌が牧野の口腔《こうこう》をくまなく探ってきたときも、なすがままになっていた。

「んっふ……ん……んぅ……」

閉じられない唇から唾液が溢れ、顎と関目の手を濡らす。

関目の舌は牧野のよりも長いようだし、表面がざらついている。それでしつこく口のなかをねぶられれば、頭のなかに霞《かすみ》がかかる。気がつくと、ふたりはその場に両膝をついていて、牧野が着ていたパジャマの上着は前がひらかれていた。

「あっ……あ、う……っ」

うなじを吸われつつ、硬い手のひらが牧野の胸を撫でまわす。嫌ではないけれど、何度もそれが突起に触れるとむず痒《がゆ》い。スーツの肩口の布地を握って、身をくねらせれば、さらにそこを擦られた。

「感じるか？」

「や……っ」

言葉にして確かめられると、恥ずかしい。牧野がかるく相手の身体を押し返したら、逆らわずに身を引いて、すっと頭を下げてきた。

「んんっ……」

ちゅっと乳首にキスされて、反射的に背を反らす。

関目は牧野の腰を腕で支えているから、そんな姿勢を取ってしまうと、まるで男の顔面に胸を突き出したようになる。あわてる牧野を許さずに、関目はそこを乳輪ごと吸いあげてから突起に舌を這わせてきた。

「や……やっ……関目、さん……っ」

右側の乳首を吸われ、もう片方を指先でぐにぐにと揉《も》みこまれると、痛痒さがそこから生じる。初めての感覚に惑って関目の肩を思わず拳で叩いたけれど、彼はやめようとはしなかった。

「あっ……う……やっ、そこっ……はっ」

関目は乳首を甘嚙みしながら牧野の股間に手を当ててきた。そこがすでに兆しているのを悟られるのは決まりが悪い。びくんと背筋を震わせて、腰を引こうとしたけれど、それはただ男の動きを助けたにすぎなかった。

「あぅ、や……だ、め……っ」

密着していた下肢を離すと、関目はパジャマのズボンのなかに空いた手を滑りこませた。衣服の下で、それは普通の状態ではなくなっていて、関目が直接握って擦ると、ますますそこが持ちあがる。

胸よりもさらに強い刺激を感じて、思わず牧野は男の頭を両腕で抱きこんだ。

「関目、さ……っ……あ、あ……っ」

自分でするのとはくらべものにならないくらいの快感が湧いてくる。激しい感覚に思わず怯えて、嫌々と首を振ったら、舐めていた乳首から舌を離して、関目が視線だけあげてきた。

「悪い、牧野……誓いを破った俺は最低の男だな」

関目は片頬を歪めながら自嘲《じちょう》の言葉を吐き出した。そのせつなげにしわがれた男の響きが牧野の胸を苦しくさせる。

「だけどもうやめられねえんだ。牧野が欲しくて、ずっと俺は……」

「おれが……欲しくて……?」

「牧野の全身を舐め回したい。どこもかしこも摑んで、しゃぶって、ぜんぶに俺のしるしをつけたい。それから俺の手と舌で、喘《あえ》がせて達《い》かせたい。そんなことがしたくてしたくてたまらねえ」

すごいことを言われたのに、ちっとも嫌だと思わない牧野はすでにどうかしている。

怖くはなくて、それよりも苦しげに寄せている男の眉間が気にかかる。

「関目さん……」

険しく寄せた眉のあいだに口づけたのは、彼の痛みを癒そうとする無意識の仕草だった。

「牧野……！」

直後に骨が軋《きし》むほど強い力で抱き締められる。痛みに顔をしかめたら幾分ゆるめてくれたけれど、絶対に離したくないように回した腕は解かれなかった。

「牧野の服を引ん剝《む》いてもかまわねえか？　そんで、素っ裸のおまえの身体をいじり倒しても嫌じゃねえか？」

嫌だと言わせたいかのように、荒々しい言葉を使う。たぶん、関目はやめるきっかけが欲しいのだ。

（ごめんなさい。だけど、おれは……）

関目にやめてほしくない。彼がここにいることをこの身体で感じていたい。

「は、裸を見られてもべつにいいって言いました」

今朝も関目に風呂あがりの姿を見られた。だから平気と伝えたら、彼が余計につらそうな顔をした。

「ごめんな、牧野。おまえがなんにも知らないのにつけこんで」

目を眇めて言いながら、それでも関目の手は動き、牧野のパジャマを脱がせていく。脅すように乱暴な台詞を放っていたけれど、牧野の肌を露《あら》わにする手はどこまでもやさしかった。

「関目……さん？」

関目は牧野を全裸にさせると、自分の膝に座らせた。

背中を関目の胸につけるこの体勢では彼の顔は見られない。どうしてと、首をねじって振り向くと、両目の上を大きな手で塞がれた。

「見んじゃねえ」

苦いものを吐き出すような男の声音が牧野の心臓を絞りあげる。なにか言いたくて、だけどどう言えばいいのかがわからなくて。惑っていたら、関目がつづけて声を落とした。

「俺はいま、ひでえ顔をしてるから。牧野の目には見せらんねえ」

本当にそうさせたくはないのだろう、関目は牧野の上に置いた手のひらを外さない。牧野の股間で半端に兆していたそれを擦りあげてきたときも手の目隠しを外そうとはしなかった。

「はっ、ん……あ、んんっ……」

軸を擦られ、先端をいやらしくいじられて、牧野の喉からこらえきれない喘ぎがこぼれる。鼻にかかった自分の声も恥ずかしいし、くちゃくちゃという水音にも羞恥《しゅうち》をおぼえ、牧野は頬を熱くした。

「んっ、う……あ、あ……ひっ」

最後のが悲鳴に近くなったのは、関目が背後から耳たぶを噛んだからだ。

「ここ、弱いのか？」

耳たぶをこりこりと齧《かじ》られて、そこの孔《あな》に舌先を突き入れられる。長い舌を幾度か出し入れされたあと、奥深くに挿《さ》し入れられて、ぐるりとそこを舐められた。

「ひゃ、あ……っ、ん！」

ぞくっと背筋が慄いた。同時に性器が跳ねあがり、感じたことを男の目に晒《さら》してしまう。

「そ、そこ……っ……だ、め……っ」

そこというのがねぶられている耳なのか、揉みくちゃにされているペニスなのかわからない。耳殻と軸をびくびくと震わせて、牧野は熱い吐息を洩らした。

「関目っ……さ、それ、やっ……」

脚のつけ根で硬く育った牧野のものはいままでおぼえがないくらい肉体の隅々にまで快感を行き渡らせる。視界を閉ざされている分だけ、その感覚は深く激しく、知らないうちにふくらはぎに力が入り、勝手に腰が浮いていた。

「手、離し……っ」

行為をやめてほしいのではなく、関目の顔が見たいから、両目を覆う手のひらを外してほしい。けれども関目はうわ言みたいな牧野の言葉を違ったふうに受け取った。

「駄目だ、牧野。やめらんねえ……！」

耳孔にそそがれる男の声は、まるで手負いのケモノみたいに痛みを孕《はら》んだものだった。

「ちが……じゃ、なくっ……あ、あ……あっ」

滴を垂らして反り返る牧野の性器を関目がめちゃくちゃに擦り立てる。自分の思いをきちんと伝える余裕をなくして、牧野は喘ぎ、身悶えた。

「出る……あっ……出る、ぅ……っ……」

口をひらき、舌を浮かせて、はっはっと短い呼吸を牧野は洩らす。

（あそこから、熱いのが……出る、出てく……も、だ、め……っ）

全裸で男の膝に乗り、ひらかされた脚のあいだで勃《た》ちあがる性器をいじられ、尻に当たる関目のそれも硬く大きくなっていて、その感触がますます牧野を追い詰める。

もう我慢できなくて、射精をうながす男の手つきに負けてしまった。

「ん……ん、う……っ」

その瞬間の快感があまりに強くて、どんと胸を突かれた気がした。牧野は関目の広い胸に倒れかかり、内腿を震わせる。息を詰め、ぶるっと背筋を震わせてから、牧野は身体の力を抜いた。

「あ……ふ……っ……」

自分の鼓動が大きすぎて、しばらくはその音しか聞こえない。ぐったりともたれかかって、牧野の目を塞ぐ関目の手の甲に指で触れたら、ようやくそれを外してくれた。

「牧野……好きだ！」

今度はぎゅっと両手で身体を抱き締められる。言われた台詞もその仕草もうれしくて、牧野の胸を喜びが満たしていった。

(気持ちいい……すごくうれしい……おれも)

関目さんが好き。彼の顔をちゃんと見て、気持ちを伝えようとして——。

(……っ‼)

牧野は『それ』を見てしまった。

「……あ……あ……」

急にがくがくと震えはじめた牧野の様子に関目が怪訝な声音を落とす。

「牧野、どうした⁉」

問われても、牧野は返事ができなかった。

(なんで……忘れていたんだろう……)

忘れることができたんだろう。見ひらいた眸には三つの位牌が映っている。

関目のことばかりになって、いままで決して欠かさなかった挨拶を忘れていた。家族のことを忘れていた。これまで一度も頭のなかから消えることはなかったのに。

姿勢を変えられ、真正面から関目がこちらをうかがってくる。苦い表情の男を茫然と視界に映し、牧野は無意識につぶやいた。

「ごめ……なさ……」

「あやまるのは俺のほうだ」

苦渋を孕んだ男の響きにそうではないと言いたいけれど、牧野は言葉が出てこない。無言でぶるぶる震えていると、関目がそっと牧野を自分の膝から下ろした。

「誓いを破った俺のことが許せねえか？」

かすかに首を揺らす仕草で違うと示してみたものの、相手の顔が見られないでいるのでは真意が伝わるわけもない。強張る身体をなんとかしようとしていたら、彼が腕を伸ばしてきた。

「……っ！」

肩に指が触れた瞬間、びくっと身体が跳ねあがる。

（あ……）

無意識に顎があがって、すると眼前の男の顔が視界に入る。

関目はきつく眉根を寄せて、痛みをこらえる顔をしていた。

「俺が怖いか？　ここにいねえほうがいいか？」

彼がそう聞いたのは、きっと牧野が怯える反応をしたからだ。

「そうじゃな……けど……っ」

「けど？」

だけど、どう言えばいいのかがわからない。頭のなかがぐちゃぐちゃになってしまって、まともな台詞が思いつかない。

「ごめんなさ……っ……」

牧野がまたも膝に視線を落としたら、関目がゆっくりと立ちあがった。

ことさらゆるやかにしている所作は、牧野をこれ以上怖がらせまいとしたのか。関目は静かに部屋を横切り、玄関の方向へと足を進める。

「ちが……そうじゃなっ……」

つぶやく牧野は、しかし立ちあがることもできずに、ただその場所にうずくまったままでいた。

◇　◇

翌朝牧野は自転車で工場に行き、表面上はいつもと変わりなく仕事をはじめた。伝票と突き合わせて工具を揃え、届いた部材は検品して棚に収める。

（……置き場所が違ってる）

備品室の薄暗い通路を箒《ほうき》で掃きながら、棚の部材があちこち場所を変えているのに気がついた。大谷が視察と称してやたらとここに来ていたときに、棚の箱を開けてみては違う場所に戻していたのだ。興味半分にあちこちいじられ、整理して置かれた部材が牧野にもわからないほど移動している。いちおうすべてにラベルは貼っているのだけれど、時の経過で剝がれ落ちたり、箱の向きが変えられていたりして、ひと目では見つけられなくなっていた。

牧野は田辺にそのことを報告し、近いうちに在庫表とチェックして、棚の整頓《せいとん》をすることにした。

「部長もわざとではないんだろうけど、部材を整理するこちらのことを考えてくれないのは困ったものだね。今週は汎用品の部材が届く予定だから来週にでも取りかかろう」

牧野が「はい」と返事して、またも通路の奥へ入っていこうとしたとき。

（……あれ？）

工具の音がなんだか違っているような感じがする。

「田辺さん。あの音、変じゃないですか？」

「あの音って？」

「その……関目さんの工具の音です」

関目さんと発音するとき、心臓がきりきりと痛んだけれど、これは自業自得だからと平静な顔をする。田辺は製造現場のほうに首を伸ばす仕草をしてから、いやはやと頭を振った。

「変もなにも、どれがどの音かもわからないよ。牧野くんは相変わらず耳がいいねえ」

その言葉にも胸を突かれて、思わず牧野は息を呑む。

——相変わらずいい耳してんな。

それを言ったのは関目だった。

「牧野くん？」

「あぁ、いえなんでも。……これは返品分ですね。午後の業者が来る前に梱包《こんぽう》をしておきますから」

ガムテープを取りあげて、不良品の入った箱へと屈みこむ。作業の手だけはよどみなく動かしながら牧野はひとときも頭から離れないゆうべのことを思い返した。

（関目さんは……自分が悪いと思っているんだ）

彼が牧野に無理やり触れて達かせたせいで、ひどいショックを受けたのだろうと。

（だけど、違う。そうじゃない）

あのあとで、どうにか動けるようになると牧野は関目の携帯に電話をかけた。けれども、パニックを起こしている頭では『違うんです』と『ごめんなさい』しか出てこずに、関目には牧野の真意が伝わらなかった。結局、関目から『もう少し時間を置いて話そうな』と言われてしまい、ゆうべはとうとう誤解を解くまでには至らなかった。

（おれがショックを受けたのは……関目さんのせいじゃないから）

あの瞬間、牧野は自分でも予期せぬくらいの衝撃に見舞われた。でも、それはほかの誰のせいでもなく自身の心が起こしたものだ。

関目のことで胸と頭がいっぱいになっていて、すべてのことが霞んでいた。家族のことすら忘れるくらいに。この六年間、亡くなったみんなのことを大切に思いながら静かに暮らしていたはずなのに。

そのことに気づいた瞬間、理屈ではなく怖くて怖くてたまらなくなったのだ。

みんなを忘れて関目のことで無我夢中になっている、こんな自分を家族はどう思うのだろうと。

(だけど……誤解だけは解かなくちゃ)

関目を拒みたいわけじゃない。傷つけたかったわけでもない。自分勝手にショックを受けて、悪いのは牧野のほうだ。それだけはどうしても関目に伝えておきたかった。

しかし、この日管理棟の食堂に下りたとき、関目の姿は見当たらなかった。遅れてくるかと思案をつけて、牧野はひとまず自分の席に向かっていくと、そこにいた千林に頭を下げた。

「昨日のこと、ありがとうございました」

心からの感謝をこめて牧野が言えば、彼が「いやいや」と手を振った。

「ぼくはなにも。あれはおもに関目くんの活躍ですよ」

瞬間、歯でも痛むような顔をしたのか。わずかに千林がかたちのよい眉をあげ、それからなにごともなかったようにやわらかく微笑んだ。

「今後、この工場と本社とで、新しい制度を施行するための動きがあるかと思いますが、牧野くんはいままでどおりでいいですからね。まあ、なんらかの異議や不服を申し立てる気持ちがあれば相談にも乗りますが」

「おれは……べつに。おれに関しては、どこかになにかを言っていくつもりはなくて」

「ですか？　それではこの問題は一件落着ということで」

さらっと言って、あとは無難な世間話に切り替えたのは、千林の思いやりだ。食欲のない牧野がほとんどおかずを残してしまったことにも触れてこようとはしなかった。

そうして休憩の残り時間が半分を切ったころ、牧野の全身を強張らせる足音が近づいてきた。

「千林、ちょっといいか？」

すらりとして長身の体型によく似合う作業服。通りのいいその声はいつもと変わりがなかったけれど、牧野は耳鳴りがするくらい心拍数をあげていた。

（い、言わなくちゃ……）

顔は火照るのに、指先だけはひどく冷たくなっている。関目に話したい内容が彼の顔を見たとたんに吹っ飛んで、とっさに声も出ないでいると、千林が「いいですよ」と食器の入ったトレイを手に腰かるく立ちあがる。

「それじゃ、また」

「あ、はい」

やさしい声に反射的にうなずいてから、まるで吸い寄せられるように通路側の男を見あげた。

「あれから……ちゃんと眠れたか?」

苦みを滲ませた笑みを浮かべ、関目がひそやかな声で問う。

「だ、大丈夫でしたから」

つっかえながらどうにか絞り出した返事に「そっか」と関目は言ったけれど、前にしてくれたように牧野の頭をぽんぽんと撫でることはしなかった。

「んじゃな、牧野」

背を向けようとする男の動作に、とっさに牧野は腰を浮かせた。

「あっ、あの」

「ん?」

「ゆうべのあれは……」

誤解だと告げようとして、はっと気がつく。たくさんの従業員が休憩している食堂で、自分はなにを言い出す気なのか。

関目にキスされて、違かされても嫌じゃなかった。ショックを受けたのにはべつの理由が。

そんなことをいまここで話せない。恥ずかしいとかなにかよりも、関目に迷惑がかかってしまう。

立ちすくむ牧野の前で、関目はこちらをいたわるような笑顔を見せた。

「……無理すんな。あの件は、俺も二度と蒸し返さねえ」

それから踵《きびす》を返すなり、千林をうながして、大股で歩き去る。

（え……それって？）

関目はゆうべの出来事をふたたび持ち出さないと言う。すべてを水に流してしまうつもりでいるのだ。

牧野を好きと言ったのも。それに牧野が手ひどい拒絶で返したことも。言いわけすら必要がなく、なにもなかったことにする……？

「まっ、待ってください……」

厨房の物音やテーブル席の人声でざわめく食堂のなかにあっても、聴力に優れている関目なら牧野の声は届いたはずだ。しかし、彼は振り返ることはせず、まもなく牧野の視界から消えていった。

◇　◇

そのあとの午後の仕事は牧野の心情はともかくも、特に変化もなく過ぎていった。

午後四時を過ぎ、製造現場はもうすぐ夜勤のひとたちと交代になろうとしている。牧野の仕事もあと一時間というときに、しかしひっそりとした備品室をあわただしい足音がかき乱した。

「おーう頼むわ。大急ぎ。この紙に書いてあるパーツをいますぐ出してくれ！」

メモ用紙をかざしているのは組立一課の課長だった。いかにもあわてた様子の課長に田辺が驚いてメモを受け取り、カウンターの内側にいた牧野のほうを振り返る。

「さっちゃん、これを。手分けして用意しよう」

牧野が裏紙にその内容を書き写しているあいだ、田辺は課長に急ぎの理由を問いかける。

「なにかトラブルでもあったんですか？」

「ああ、まあな。明日納品予定のやつが」

課長は握った手のひらを上に向けてひらいて見せた。

「パアって、明日の？　あれは新星《しんせい》造船向けの大物じゃなかったですか？」

牧野はふっと嫌な予感に捕らわれて、ペンを動かす手を止めた。

「それって、もしかして三班の……？」

「ああ。関目んとこのポカミスだ」

牧野のつぶやきに、渋い顔の課長がうなずく。

「あいつ、なにを思ったか組み立てミスをしやがって、さっきのテストの段階で調圧弁がぶっ壊れた。いまからつくり直しだと、時間的に厳しいんだよ」

課長の説明に、牧野はこくっと息を呑んだ。

（それなら、午前におかしく感じた関目さんの工具の音は……）

気のせいではなかったのか。

「とにかく部品。急いでくれよ」

課長の言葉に、牧野は跳ねるようにして通路の奥へ駆けこんだ。

調圧ネジに、排水レバーに、スプリング。ピストン、シート、そしてボディ。田辺とふたりして通路のなかを走り回りメモに合致する部品の一部は探せたけれど、排水レバーとボディはどうしても見つからなかった。田辺が課長にそのことを伝えると、

「そいつはまずいな。余分の品は頼んでないのか？」

「はい。いつもならロス分こみで納入されてくるんですが、今回の検収ではぴったりの数し

かなくて、余りものはなかったんです」

　田辺の台詞に課長が渋面をつくってうなずく。

「ち。そうか。こんなときに限ってちょうどか……こりゃあ、もうどうしようもない事態だな」

「それで、排水レバーですが、形状はこれがいちばん近いです」

「ああ、これな。このくらい似通ってたら、うちの加工でなんとかなるか」

「ボディは完全におなじでないとまずいのでしょう？　仕入れ先には超特急で再発注をかけますが……」

「問題は納期だな」

　田辺の説明を課長が苦い顔で引き取る。

「そうなんです。汎用の部品と違って、つくり置きはないでしょうし。秋田の加工屋でいますぐに取りかかってもらっても、配送の時間もあるし、こっちに来るのはいいところ明日の晩になるだろうかと」

「そいつは困る。明日の晩じゃ遅すぎるんだ。最悪でも明日の午後四時に出荷のトラックに乗せないと納期には間に合わない」

「待ってはもらえないんですか？」

「新星造船は、ことに納期には厳しいんだ。遅れたら信用がた落ちで、下手をするとつぎの受注がストップするぞ」

新星造船はこの工場での注文数がトップクラスで、牧野がつけている在庫表にもその会社の名称が何度も出てくる。

部材の検収をする牧野と田辺はよく知っていることなのだが、新星造船の製品をつくるときには、塗料も、部品も、場合によっては工具までも指定されたものを使う。その要求を当然として受け入れるほど大口の取引先なのだった。

「なんで、関目はあんなポカをやらかしたかなぁ。ああいったうっかりをするようなやつじゃないのに」

「それで、いま関目くんは……？」

頭をかかえんばかりにして呻《うめ》き声を発する課長に、田辺が牧野の知りたいことを訊ねてくれた。

「できるところから調整のし直しをやってるよ。だけど、調圧弁のパーツが揃ってないことにゃ、どうにもならない話だしな。再テストの時間も入れれば、どうしても今日中には部品が欲しい」

まいったなあと盛大にため息をつく課長の様子を見るまでもなく、牧野はこれが工場全体に関わるような大問題だと理解していた。

（部品がない……それがいちばんのネックなんだ）

関目の苦しい立場を思い、青褪めて震える牧野は思わず背後を振り返った。

「……ここにはこんなに部材があるのに」

なのに、肝心な部品が足りない。あとひとつ。調圧弁のボディさえあればいいのに。

両手を握り締め、薄暗い通路を見据えた牧野の脳裏に、ふっとその言葉が浮かびあがった。

――汎用品はともかくも仕様変更の多い完全受注生産品はやはりロスが多いですから。デッドストックになっている部材を正確に把握して、新規のものに再使用するのなら――。

かつて千林は牧野にそう教えてくれた。部品展開表には製造用の部品についての仕様もすべて載っている。

(もしも、新星造船に使った部材で適合するものがあったなら……?)

考えついたら、黙っていることができなくなって、牧野は課長の目の前に走っていった。

「あの！　おれ前に関目さんから聞いたんですけど。得意先ごとに要求される製品のスペックは違っていて、その企業の業種に応じて決まったかたちがあるんだって。だとしたら、おなじメーカーに納めたものは部品なんかも似通っているんじゃないでしょうか？」

息せききって訊ねたら、普段はおとなしい牧野のいきおいに驚いたのか、課長がぽかんと口を開けた。

「ここには新星造船の受注品をつくったときの余りものがたくさんあります。だから、ひょっとして品番が違っていてもおなじボディがあるのかもしれません。過去の図面が調達課に置いてあるから、それを手がかりに探し出せないでしょうか？」

重ねて言うと、一拍置いて課長が「そうか！」と大声を出す。

「その手があったか。いいぞ、牧野。調達課には俺も行く」

管理棟へは牧野が先になって走った。階段を駆けあがるとき、大谷と出くわして、相手はぎょっとした様子になっていたけれど、もうそんなのはどうでもよかった。

「すみません。図面を見せてほしいんですが！」

目当ての部署に入るなり、牧野は大きな声を出した。これまで一度も見せたことのない剣幕に、そこにいた女子社員が驚いた顔をする。

「え、あの」

「至急の用件があるんだよ。いますぐ図面庫の鍵をくれ」

牧野の背後から課長が口添えをしてくれて、鍵が牧野に渡される。それをもらって、そのフロアの奥にあるちいさな部屋に飛びこんだ。

「新星造船の図面はこのあたりです」

前に見せてもらったときの記憶を頼りに図面を抜き出す。課長にボディ部のサイズと形状とを教えてもらって、片っ端から探していたら、さっき鍵を渡してくれた女子社員が入ってきた。

「よかったら、わたしもお手伝いしましょうか？　ここの整理担当はわたしですし」

「おう、頼むわ」

課長が言って、今度は三人で図面を広げる。彼女は図面庫の担当と言うだけあって、要領よく部品図を当たってくれた。

「これ、どうでしょう?」

「近いけど、ちょっと違うな」

ほら、ここと女子社員の持った図面を課長が指差す。そうして、これはと思っては空振りし、また探すのくり返しで一時間ほど経ったとき。

「課長、これはどうですか?」

「どら見せろ……よっしゃ、当たりだ!」

牧野が差し出した図面を手に、課長が喜色を浮かべて叫ぶ。

「行くぞ、牧野。今度はこの部品探しだ!」

それから来た途《みち》を逆にたどって、備品室に駆け戻る。田辺にも声をかけ、通路のなかに駆けこむと、図面にあった品番の箱を探した。

「あれ? ない……?」

「ほんとにこの棚なのか?」

「そうですよ。品番ごとに整理していますからね」

三人ともが訝しい顔をして、きょろきょろと周囲を見回す。しかし、その品番のラベルを貼ってある箱は棚のどこにも置かれてはいなかった。

「整理してるなら、すぐに見つかるはずだろうが」

「工務部長がちょくちょくここに来ていたときに、箱の位置を変えられてしまったんです。来週には本格的な整頓をしようと思っていたんですが」

田辺が恐縮しきりの様子で課長にあやまる。牧野もおなじく詫《わ》びの言葉を口にした。

「それならひとつひとつの箱を当たるより手がないか。古くなってラベルが剝がれているものは、いちいち箱の蓋を開けてなかを確かめなきゃならないな」

「そうなんです。すみません。何年も前の部品はただ置いてあるだけで、まず再利用されることはありませんから」

「そのあたりもいっぺん見直しが必要かもしれないな。この件が終わったら、議題として挙げてみるか」

伸びあがって、棚の上をのぞき見しながら課長が告げる。

「牧野もその会議には出席しろよ」

「え、おれが、ですか？」

「そういうことも勉強中なんだろう？　図面の見かたも知っていたし。これからは調達課の打ち合わせにも出られるように、俺があっちの課長さんに口を利いてやるからな。在庫の整理だけじゃなく、調達全般のことについても知識をつけていくといい」

課長が言うのに、田辺がうんうんとうなずいた。

「それはいいですね。さっちゃんはこれからのひとですから」

そんなことを言い合いながらも、目と手はすばやく部品探しに動かしている。

「それにしても、綺麗に整頓してあるなぁ。これだけの棚があるのに埃《ほこり》もないし、潰れたまんまの箱もない。部長がいじりまくらなきゃ、すぐに見つけられたんだろうに。こっちも突発的な部品探しじゃあるけどな、ほんと迷惑な部長だぜ」

課長がぶつぶつ言いながら、通路の奥に進んでいく。牧野はそれをちらりと目で追ったきり、またも部品探しへと意識のすべてを集中させた。

（……三六七九〇五番……三六七九……）

課長にさっき提案された件についてはちらりとも考えない。いまはただ、調圧弁の部品のことしか頭になかった。

（どこだろう……早く……早く）

一刻も早く見つけて、関目が製造にかかる時間を増やしたい。棚の下から順番に視線を走らせ、脚立にのぼる時間も惜しくて、上段を見るためにぴょんぴょんジャンプをしていたら、横でむはっと誰かが笑う声がした。

「さっちゃん、なに跳ねてんだ？」

聞いてきたのは組立一課二班のひとで、その後ろにもたくさんの人影がある。

「部品探しをしてるんだって？」

「どらどら手伝ってやんべやあ」

作業服の男たちがぞろぞろと通路の奥に入ってきて、棚の箱を確かめはじめる。牧野は目的の品番を彼らに伝え「ありがとうございます」と頭を下げた。

「ええってことよぉ。さっちゃんには部品やら工具やらで、いつも世話になってんだしな」

「そうそ。困ったときはお互いさまだ」

「おーい、さっちゃん。このボディは違うのかぁ？」

いつもは薄暗い通路が、いまは隅々まで電灯に照らされている。その光に気づいたひとたちが、何事かとのぞきに来て、またも助けの手が増える。いつの間にか備品室は作業服の男たちでいっぱいになっていて、普段にはあり得ない光景が牧野の目の前に広がっていた。

「さっちゃん、これは？　箱に番号がねえけんど」

「あ、はい。いま行きます」

問われて、牧野はあわててそちらに走っていく。蓋の開けられた箱をのぞいて、そのとたんこれだと思った。

「そうです。これです！　課長にも確かめてもらいますから」

震える手で箱をかかえ、課長のところに駆けていく。見てもらったら、思ったとおり探していたボディ部で「そうだ」と言われた瞬間に牧野の全身から力が抜けた。

「……よ、かった」

「ご苦労さん。すぐにこれを関目のところに届けるからな」

見つかったぞ、と課長が皆へ大声で報せれば、あちらこちらでそれに応じる声があがった。

「そんじゃ、俺らは引きあげっかあ」

「さっちゃん、よかったな」

「あっ、ありがとうございます！」

来たときとおなじように作業服の男たちがぞろぞろと引きあげていく。牧野はお辞儀と感謝の言葉で彼らを見送り、最後のひとりが出ていって、またも通路が静けさと薄暗さとを取り戻した瞬間に、その場にへたりこんでしまった。

(見つかった……これで間に合う……)

いまはそれしか考えられない。

(よかった……関目さん……)

ほんの少しでも役に立てて。

いつもはみんなからあることすら意識されない在庫の部材。いつ使うかもわからない、ただ置いてあるだけと思われていた古い部材の真ん前に牧野はぺたりと座りこみ、そのひとの姿だけを頭のなかに浮かべていた。

新星造船の製品は、つぎの日には無事に仕上がり、予定された納期に合わせて出荷のトラックに乗せられた。

製造部の組立課長は、昨日牧野に言ったとおり調達課長に口を利いてくれたらしい。調達課から次回の会議に出るようにと連絡が入ってきて、牧野はそのための準備もすることになった。

◇　◇

(在庫一覧表と……棚の配置図と)

急遽《きゆうきよ》、剝がれ落ちている箱のラベルを貼り直し、置くべきところに収納し直す。通常の業務と併せてそうした作業もしていたらあっという間に一日が終わってしまった。

定時になってひとまず業務を片づけると、牧野は更衣室で着替えを済ませ、自転車置き場に歩いていく。

「……関目さん?」

牧野の自転車のすぐ横に立っていたのは、日に焼けた肌をした作業服の男だった。そこに引き寄せられるようにふらふらと近づくと、彼は真剣な表情で牧野を見て口をひらいた。

「部品のこと、ありがとな」

「あ……いいえ」

「牧野がすげえ頑張ってくれたってあとで聞いた。納品が間に合ったのは牧野のお陰だ」

関目に頭を下げられて、牧野は大きく目を瞠った。

「おっ、おれはそんなたいしたことしてなくて、あれを探し出せたのは、関目さんがおれに図面の見かたを教えてくれたからだし。だから元々は関目さんのお陰なんです」

自分に頭を下げてなんかほしくはなくて、牧野はあせって身を屈め関目の顔をその下からのぞきこんだ。

（……っ）

至近距離で視線が合って、そうしたらそこからもう目が離せなくなってしまった。

男の眸にちらちらと光るものはいったいなんのしるしだろうか。大きな目をさらにひらいて牧野がそれを見つめていたら、関目が視線を外さないままゆっくり腕を動かした。

（う……）

二の腕に触れられて、牧野はぴくんと肩を震わす。けれども関目を見つめることはやめなかった。すると、表情をなくすくらいに張り詰めた様子の男が、低い声を牧野の耳に落としてくる。

「教えてくれ」

触れるか触れないかくらいの位置で、関目は指をとどめている。牧野が少しでも嫌がれば、すぐにも手を引くつもりなのだ。関目にそうはされたくないと、牧野はともすれば緊張しがちな身体の力を努めてゆるめる。それからぎこちない笑顔をつくると、関目が空気の塊を呑んだみたいに顎を反らした。

「まだ……俺に笑ってくれるのか？」

ゆるく息を吐き出しての問いかけに、牧野はちいさくかぶりを振った。

「こないだの一件で、俺は牧野を怖がらせた。裏切らない誓いも破った。だから、おまえに嫌われてもしかたがねえと思ったんだ」

だけど、と関目は言葉を継いだ。

「牧野は俺を助けてくれたな。あれはいったいどうしてなんだ？　いままでの礼だとか、そういうつもりでしたことか？」

「そうじゃないです。おれは……」

漆黒の眸を見つめて言いかけたとき、ふいに背後から声がかかった。

「きみたち、なにをしているんです？」

はっとしてそちらを向くと、呆れ顔の千林が立っている。

「そういうことは家に帰ってやりなさいよ。目立ってしかたがないでしょう？」

言われて気づいたが、いまは終業後の帰宅時間で、自転車置き場にも、その先の駐車場にも、帰り支度を済ませたひとたちの姿があった。

自分のしたことの大胆さに牧野があせった顔をすると、千林が苦笑して「ほら、これ」となにかを放り投げてきた。

「ぼくのを貸してあげますから、関目くんも着替えをして帰ってください。ここまで抜けて出られるのなら、急ぎの仕事はないのでしょう?」

関目が空中でキャッチしたのは車のキーで、千林はふたりともそれで帰ってしまえと言う。

「ああべつにすまないとかいりませんから。独り身には目の毒だってことだけなので」

なにごとかを告げようとした関目を制して、千林が肩をすくめる。そうして用件はこれで終わったと言わんばかりに、すぐさま踵を返してしまった。

「……いいか、牧野?」

関目が問いかけた意味を察して牧野はうなずく。

「はい。関目さん、おれの部屋に来てください」

このままあのときの出来事をなかったことにされたくない。誤解だけはせめて解きたい。迷いもたしかにあるけれど、ありのままの自分の気持ちを関目に聞いてほしかった。

「んじゃ、ちょっとだけ待っててくれ。すぐに仕事を片づけて戻ってくるから」

組立工場に戻った関目は、それから十分ほどで駐車場に戻ってきた。着替える時間を惜しんだのか、彼は作業服を着たままでレンジローバーの車内に乗りこむ。

「運転しながらできる内容じゃねえからな。話は部屋に着いてからだ」

そのとおりと思うから、言われるままに牧野は助手席で沈黙し、しばらくのちに自分の部屋の扉の前で閉ざしていた口をひらいた。

「……どうぞ」

関目がここに来てくれたのはおとついのことなのに、あれからずいぶん経った気がする。

座卓の前に向かい合って座ったふたりは、しばしのあいだ黙していたが、関目が先に口火を切った。

「二度とこの件を蒸し返さねえ。昨日俺は食堂で言ったよな。俺が自分の欲に負けて、牧野に手を出したから。悪いのはてめえなんだし、牧野が俺を怖がるのも当然だと思ってた。だけど、あれは牧野が部品を探してくれる前の話だ」

男の視線が牧野を捉えて離さない。強いまなざしに射すくめられて……けれども牧野はそれが少しも嫌ではなく、むしろそのことに安心していた。

関目があのとき食堂で牧野を置いて去ったとき、自業自得と思いながらも胸が痛くてたまらなかった。それがいまはこうやって、牧野と向き合っていてくれる。だから牧野もつたないながら、きちんと話をしなくちゃならない。そのための努力を惜しんでは駄目なのだ。

「一課の連中が、牧野が血相変えてたって教えてくれた。いつもはあんなにおとなしいやつなのに、管理棟の階段を駆けあがって図面庫まで突っ走っていったって。そのあとも、備品室で必死になって部品を探して……見つかったとき、牧野はほんとにうれしそうにしていたぞって。……自惚《うぬぼ》れでなきゃ、あれは俺のためだよな？」

真剣そのものの面持ちで関目が訊ねる。牧野はきゅっと唇を噛み締めてから、心を定めて声を発した。

「そうです。あれは……関目さんのためでした」

「どうしてか、聞いてもいいか？」

「それは、おれが……」

勇気を出せと、牧野は自身の背中を押した。ここできちんと伝えなければ、彼は完全に自分から手を引くだろう。そうなればもう二度と誤解を解くことはできない。

「関目さんが、好きだからです」

「好きだけど、あんなふうにさわられるのは嫌だったのか？」

「違います」

そうじゃないですと牧野は言った。

「おれはうれしかったから。関目さんに好きだって言ってもらえて、目の前が眩《くら》むくらいで
……だから、その、ショックを受けて」

「……は？」

当然だろうが、関目はわけがわからないと言ったふうに目を瞠る。

「ちょ、待てよ。だからって、なんのことだ？」

「あのとき、おれは……家族のことを忘れていたから。関目さんのことだけで頭がいっぱいになってしまって。毎日していたみんなへの挨拶さえも……だから、すごく、怖くなっ……」

言ううちに、あの晩の胸の痛みが甦り、牧野は声を詰まらせた。関目はいまだに事情が呑みこめていないのか、困惑気味に問いかける。

「そりゃ、そんなときだってあるだろう？」

牧野はうつむいて、何度も横にかぶりを振った。

「そんなのは駄目なんです。あの日、おれだけが生きていて……みんな、はっ……なのに、忘れて、忘れるなんて……っ」

視線をあげて震える声を絞り出すと、つかの間むずかしい顔をして口を閉ざしていたのちに、関目がぼそっと聞いてくる。

「……つまりはなにか？　俺のことを好きになってそればっかになることが、亡くなった家族に対してすまないと感じるわけか？」

牧野はかすかにうなずいた。すると、座卓の向こう側でため息が吐き出される。

「牧野の性格じゃ、そう思うのも無理ねえか……」

しかたがねえなといったような口調だった。

関目は呆れているのだろうか。彼が好きでいっぱいいっぱいになっているのと――いまはいないみんなを大切にする気持ち。関目のことと家族のこととは違うのに、ごっちゃにするなと怒られても無理はない。

悄然《しょうぜん》とする牧野の前で、関目が「わかった」と腰をあげた。

「……えっ⁉」

いきなり二の腕を摑まれて、強引に立たされる。男の力は牧野の抵抗を許さないほど大きくて、あっという間に壁際に置いてあるカラーボックスの前にまで連れてこられた。

「あー、すみません。ご存じかと思うけど、俺は関目将之です。突然で申しわけないんですが、お宅の幸弥くんを俺にいただけないでしょうか？」

いきなりの発言に牧野は仰天して声も出せない。両目を丸くして棒立ちになっていれば、さらに関目は真摯な表情で言葉をつづける。

「男同士でびっくりされたかと思うんですが、俺は本当の本気です。牧野のことが俺はすげえ大事なんです。牧野が本気で欲しいんです。俺の人生にこいつが欠かせないんです。一生大切にしますから、この俺に牧野をください」

そう言って、深く深く関目は身を折る。

「せ、関目、さん……っ……」

位牌の前で頭を下げる男の姿が牧野の胸を熱くさせる。

「おれ……おれも、関目、さんの、こと……っ」

本気で、大事で、大切だ。

関目なら、牧野の大好きなこのひとだったら、もしも家族が生きていればおなじように言ってくれた。どう打ち明ければいいのかと迷う牧野を説き伏せて、家族に許しを求めてくれた。

そのとき祖父母は、両親は、ふたりを許してくれるだろうか――あるいはそこに明香里がいたならどうだろう。

遊んでほしいとしょっちゅう牧野を追いかけていた妹は『あんさま、そのひとが好きなんがいね』と自分に笑ってくれるだろうか。『そいに困った顔をせんでも。明香里はあんさまがいいならいいちゃ』と言ってくれると思うのは虫のいい想像だろうか。

「……お祖父ちゃん、お祖母ちゃん、父さん、母さん、明香里……許してくられ……おれ、このひとが……好きなんですっちゃ……」

想いをこめてつぶやいた牧野の手に、なにか温かくちいさな指が触れてきたと感じたのは、ただの思い過ごしなのか。

けれど、牧野はほぼ無意識にそれをぎゅっと握り返す仕草で応えていたのだった。

「あか……っ……」

あとはもう言葉にならない。ただ湧き出してくる涙だけが頰を伝って、顎から畳へと落ちていく。

家族を喪ってから一度も流したことのない牧野の涙はもはや堰《せ》きとめることができず、つぎからつぎへと溢れ出た。

牧野がそれを拭うことすら思いつかず、ぽたぽたと畳に滴を垂らしていたら、ややあって関目が唐突に身体を起こした。

「え⁉　牧野、おまえ泣いて……」

ものすごく驚いた表情で、牧野の顔を凝視する。

「泣くなよ、こら」

大きな手のひらで牧野の頰を幾度も拭き取り、それでも足りないと思ったのか、作業服の袖を使ってごしごしと顔を拭う。

「泣くな、泣きやめ。これじゃ俺がみんなの前でおまえを泣かしたみてえじゃないか」

あわてる関目が好きで愛《いと》しくてたまらずに、泣き笑いの顔をして広い胸にしがみつく。

強い力で抱き締め返される耳元を、かつて聞いたおぼえのある可愛らしい笑い声がかすめていったような気がした。

布団のなかで、牧野はぱっちりと大きな眸を見ひらいている。とてもじゃないけど、眠れる気分にはならないのだ。

◇　◇

あれから関目はおとついまでしていたように、夕食をこしらえた。牧野とは入れ違いに風呂にも入り、置いてあったスウェットの上下に着替え、ふたりで晩の食事も済ませた。食後、関目はテレビを観、牧野は部品図の勉強をして、いつもとだいたいおなじ時刻に「先に寝ろよ」となったのだ。そうして関目の言うままに布団に入った牧野だったが。

(なんだか雰囲気が……前のときとおんなじすぎる?)

家族の前で牧野をくださいと言ってくれた関目なのに、そのあとは拍子抜けするくらい淡々とした言動だった。のんびりゆったりと牧野に接し、明るい笑顔を向けてくる彼の様子は、むしろ以前よりやさしくて穏やかだ。

(言うだけ言ったら気が済んだ……とか、そんなのじゃないだろうけど……)

関目の気持ちがわからなくて、牧野はひたすらとまどっている。

牧野が欲しいからああ言ってくれたのではないのだろうか？　それとも、なにか自分が勘違いをしていたのか。

それでも、関目がこっちに来たら、なんらかの展開はあるはずだ。

悩みつつも、どきどきしながら待っている自分はたいがい恥ずかしいと思うけれど、高鳴る心臓を抑えることはできなかった。

そうして果てしなく長く感じられる時間が過ぎて、ついに関目が向こう側の電気を消して、寝室への襖をひらいた。

(ど、どうしてそこで立ったまま……？)

かつて似たような状況でおなじことを思った気がする。けれども、この動揺は前のときとは違っている。貧血が起きそうなほど緊張もしているけれど、ここに関目が来てほしい。

「……牧野。もう、寝たのか？」

だから、低くかすれた響きで男が聞いてきたときに、牧野は「いいえ」と返事した。

「明日も平日だし、もう寝ろよ」

それなのに、関目はそんなことを言い、牧野に背を向けて布団に入った。

(……え？)

牧野も反対を向いているから、背中に空間が生じたままだ。それが寂しくて、耐えられなくて、牧野はころんと寝返りを打ち、関目のほうに向き直った。

「関目さん……おれに顔を見せてください」

鼓動が速すぎて声が震える。ゆっくりと姿勢を変えてくる男の前で、緊張しきっているだろう自分の顔を晒していたら、完全に向きを転じた関目がまなざしを逸らして訊ねる。

「これで、いいか?」

「はい……」

布団のなかで向き合うと、互いの存在をより強く意識する。あと少し手を伸ばせば、牧野は関目に触れられる。なのに、どうしても動けずに、関目もまた牧野に触れてこようとしない。

(このまま眠ればいいのだろうか……?)

こんなに近くにいるというのに。関目と触れ合わないままで?

「関目さん。あの……おれがショックを受けたのは、関目さんにさわられたのが理由じゃないって、今夜そう言いましたよね」

「ああ」

「だけど正直、おれはまだ迷っています。好きなひとを欲しいって、おれが言ってもいいのかって。おれひとり幸せになって、それで本当にいいのかって」

「牧野……」

ようやく関目がこちらをまっすぐ見てくれた。漆黒の眸を見返し、牧野はなおも惑いつつ言葉を紡ぐ。

「だけど……自分勝手な錯覚かもしれないけれど、おれは今夜、明香里が傍にいるような、そんな感覚がしたんです。笑う声も聞こえたような……だから、明香里はもしかしたらおれを許してくれるのか……そうだったら、いいのになって……」

「牧野の家族がおまえを許さないとか、そんなのはねえだろう。ずっと幸せでいてほしいと思ってるよ。だからこそ、おまえの両親が幸弥ってつけたんだろうが」

「ほんとに……そう思います？」

「ああ。本心からそう思う」

「もしおれが……関目さんを欲しいと言っても？　あなたのことを好きだと言っても？」

震える牧野の問いかけに、食い入るようにこちらを見つめて関目がうなずく。

「牧野の家族はおまえが好きだよ。おまえがどんなに大事に丁寧に育てられてきたのかは、普段の様子を見てればわかる。だからもう安心して今夜は寝ろよ」

思いやりに溢れた言葉、やさしい心。いつも関目は牧野に安心を与えてくれる。だけど、このまま眠れないのだ。そんなふうに言ってくれたら余計に無理だ。

「……関目さん」

「そんな顔して俺を見るな。いいから寝たふりでもしていろよ。でないと、俺は……」

関目はなにかを無理やり抑えこむように、ぐっと唇を引き結んだ。

「で、ないと……?」

「おまえを頭から喰《く》っちまう」

瞬間、食べられたいと思ったのは間違っているのだろうか。

今夜、こんなにもたくさんの温かく大切な言葉をくれた、牧野が大好きなこのひとに触れたいと思うのはいけないことなのだろうか。

「……ちょ、牧野!?」

もうどうしようもできなかった。頭で考えるのとはべつのところで、牧野の身体が勝手に動いた。

関目の頬に両手で触れて、彼の顔を近づけさせる。それから、男の唇の端っこにキスをした。

「こら牧野。やめねえか」

「や、です」

一度触れたら、自分をとどめておくことができなくなった。

牧野は関目を信じている。関目の言ったことも信じる。

だから牧野が関目を好きでも家族のみんなは許してくれる。それを信じて、関目に丸ごと食べられたい。

牧野よりずっと心の大きな男は自分ひとり分くらい、簡単に呑みこめる。

だから……関目が好きだから、愛しくてたまらないから、今夜はどうしてもそうしてほしい。

「……まーきーの」

さらに身体を寄せていったら、関目が困惑したような諌《いさ》めるような声を出す。けれども、こうしてくっついたら離れたくない。

顔をあげて、そこにあった顎を舐めると——いきなり天地が引っくり返った。

「ああくそっ」

軋む声とほとんど同時に唇が塞がれる。押し伏せられて、男の舌を食《は》まされた牧野が驚いて目を瞠ったら、両手首を摑まれた。

「んんっ……！」

布団に両手を押しつけられて、あらがう動作を封じられる。関目のキスはまるで牧野を食べたいみたいな激しさで、唾液も舌もむちゃくちゃに吸いあげられた。

（く、苦し……っ）

関目の舌がやわらかな粘膜をこそげ取っていくように、口のなかを執拗《しつよう》にかき回す。息ができなくて、牧野は両手を張りつけにされたまま、腰だけをくねらせた。

「んっ……ん、う……んく……っ」

あまりの激しさに頭のなかがぼうっとしてくる。少し待って、ゆるめてと思ったけれど、関目は牧野が望んだことだと言わんばかりに容赦のないキスをつづけた。

「ふ、あ……っ」

ようやくキスをやめたときには、頭の先からつま先までじんじんしていて、なのに関目は牧野の上から身体を引いた。

「これ以上はついていけないだろ。わけもわからず煽《あお》るからだ」

呼吸をやや荒くして睨んでくる関目の顔はこらえがたい欲望を滲ませていて、牧野の背筋を慄かせる。

「おまえは知らないだろうけど、前のあれで止まれるわけじゃないんだぞ。もっとえげつない……」

皆まで言わせず、牧野は男に抱きついた。

「ここでやめないで。関目さんをぜんぶください」

牧野が知らないと言うのなら、関目に教えてもらいたい。

「なんでもして。おれもするから」

男の肩口に頬をつけ、すりすりと擦りつけたら、ぐうっと喉の鳴る音がした。

「前におれがされたみたいに、関目さんのをいじったらいいですか？　教えてくれたら、なんでも……」

「黙れ」

大きな手のひらで口の上を覆われる。怒らせたのかと悲しくなって、涙目で男を見たら、彼は苛立ちが最高潮になったみたいな顔をしていた。

「ぼちぼちやろうと思ってた、俺の気遣いを無にしやがって」

関目の手のひらが口ばかりか鼻までも塞いでいる。苦しくて、むぐむぐともがいていれば、またもきつく睨まれた。

「そんないい匂いをさせて、か弱い抵抗してみせんな。余計にがぶりと食いたくなるだろ」

誘ったからにはもう知らねえぞと、関目は牧野のパジャマのボタンに手をかける。

「おっ、おれが、自分で……」

「じっとしてろ！　おまえが動いてなにか言うたび、俺の理性が切れてくんだよ！」

このうえ乱暴をさせる気なのかと睨み据えられ、牧野はいっさいの動きをやめた。

(怒ってる……？)

関目はしたくはないのだろうか。それを牧野が無理やりに煽ったから、不愉快に思っているのか？

(ごめんなさい……それでも、おれは関目さんが欲しいんです)

心のなかでせつなく関目にあやまるうちに、牧野はパジャマを脱がされて下着一枚の姿にされた。関目もスウェットの上だけ脱いで、仰向《あおむ》けに横たわる牧野へと覆いかぶさる。

「……ん……っ」

うなじにされるキスは強くて、まるで嚙まれているみたいな痛みを感じる。それでも動くなと言われたからと、男の行為で跳ねようとする自分の身体を必死で抑えた。

（関目さん……関目さん……）

名前が呼びたくて、彼にすがりつきたくて。だけどそれは許されていないから、自分の指をきりりと嚙んで牧野は耐える。鎖骨を齧られ、胸の尖《とが》りを吸われたときも、びくっと身体は動いたけれど、声も動きもできる限り我慢した。そうして、仰向けに目を閉じて、必死でこらえていたときだった。

「こら、牧野。そんなにしたら痛えだろ」

口から指を外そうとする男の仕草に、嫌々と首を振る。

「ほら離せ」

強引に顔から手を離されて、牧野は困って男を見あげた。

「だって、声が出てしまう……」

ぽつりと洩らしたら、関目が一瞬息をとめ、それからいきなり全力で抱き締めてきた。

「ううくそ可愛い。可愛い牧野」

片手で牧野を抱きながら、もういっぽうで髪をくちゃくちゃに撫で回す。

「おまえはほんとに兇暴《きょうぼう》なイキモノだよな」

乱暴な仕草をしたのは関目なのに、彼はそんなことを言う。

「牧野にはもう負けた。なんでも言って、なんでもしろよ」

「ほんと、に……？」

「ああ。おまえにばっくりいかれちまって、このうえなんでも変わらねえ」

それならと、牧野はおずおず関目の胴に腕を回す。相手の体温が感じられるのがうれしくて、ごく自然に微笑んだ。

「関目さん……」

その顔のまま、関目を見つめる。すると、どこかが痛いみたいに精悍な頬を歪めて、関目はそっと牧野の頬にキスをした。

「ここん家の小動物は、ほんとに男殺しでまいる」

そう言いながら、関目は何度も頬の上に口づける。髪を撫で、肩を撫で、唇に落としたキスはやさしく、深く——そのうちだんだん激しくなって、牧野を快感に喘がせる。

キスをしながら関目は牧野の股間に手を当ててきた。布地の上からそれを押し揉むようにしたあと、下着のなかに手を入れる。牧野のそれはすでに熱くなっていて、男の指に触れられるとますます角度をつけていく。布地をなかから押しあげるほど反ったとき、関目が下着を引き下ろし、剝き出しになったそれにふたたび触れた。

「これは、どうだ。きつすぎねえか」

関目が軸を熱心に擦りながら聞いてくる。

「ない……です……んっ……あ」

関目の大きな手のひらが自分のそれを扱《しご》いていくのが気持ちいい。中途半端に脱がされかけの下着は膝でまとまっていて、脚が動かしにくい分腰がいやらしく動いてしまう。

「ものすごく感じてんだな。尻が揺れてる」

ごくっと唾を呑みこむ音が聞こえてきて、それにも牧野は煽られる。衝動的に牧野は関目の股間へと指を伸ばした。

「俺のをさわりてえ？」

「ん……ん……っ」

かすかにうなずけば、関目が自分のスウェットの下を脱ぐ。下着も一緒に取り去って、露わになったおのれのものに牧野の手を宛《あて》がわせた。

（もうこんなに、おっきぃ……）

上気して、ぼうっとなった頭で牧野は考える。

（関目さんも……感じてる）

そのことがうれしくて、男のそれを擦る手が熱心になる。だけど、もっとその行為をしたかったのに、関目が胸をいじって吸うから、指が勝手に離れていって喘ぐばかりになってしまった。

「そこ……い、たい……」

舌と指とでしつこく乳首を刺激され、牧野は半泣きで訴える。

「だけど、痛いばっかでもないだろう？　真っ赤に尖ったここんとこをこうすると」

「あ、あっ……！」

「ほらな。こっちが気持ちいいんだって震えてる」

こっちと関目が言う場所を手のひらであやされて、牧野の頬が熱くなる。

「いっ、言わなっ、で……あ、あああん……っ」

耳たぶを齧られて、牧野は背筋を跳ねあげる。ねっとりと耳を這う舌の動きは、そこが弱い牧野の理性をあっさりと散らしてしまう。

耳の孔に舌を入れられ、同時に胸と性器とをしつこくいじりまくられればなおさらで、自分でも恥ずかしいような甘ったるい喘ぎがこぼれた。

「関目さ……関目さん……っ……もう、出る、出ちゃう、から……っ」

「駄目。もうちっとだけ我慢な」

耳元に息を吹き入れつつ囁かれるのは、そんなつらい言葉だけれど、関目がそう言うのなら我慢しようと目を閉じる。

「牧野。おまえ、そのまま三十秒待ってられるか？」

理由はわからないながら、牧野はかすかにうなずいた。すると、関目が大股で布団を離れ、ややあってから戻ってきた。

「中断すんのもあれだけど、今夜はする気じゃなかったからな。牧野は初体験だから、唾くらいじゃ怪我《けが》させる」

「……？」

言いながら、額と頬とにキスされる。少しだけ照れたようにつぶやいた言葉の意味は、その甘い彼の仕草でうやむやになってしまった。

「あっ……ん」

関目が股間に塗りつけたのは、洗面所に置いていた手荒れ用のクリームで、それは西脇が冬にくれたものだった。クリームを塗り広げられ、ぬるぬるしている軸の根元から先端までを擦られて、沁み渡る快感に牧野は身体を震わせた。

「やぅ、んっ……あ、あぅ」

ほんの少し鎮まりかけていたものが、関目の動きで腹につくほど反り返る。もじもじと腰を揺すって我慢しようと思ったけれど、痛いくらいにそこが過敏になっていた。

「も……いい、ですか？　まだ我慢……？」

下腹が熱くて、出したくて、しかたない。はっはっと短く息を吐きながら訊ねたら、関目が一瞬目を瞠り、そのあと愛しくてならないような顔をした。

「ほんとに牧野は……」

言ってから、顔を伏せ、牧野の耳に関目が囁く。

「もういいぞ。たっぷりと俺の手に出せ」

直後に彼がキスをしながら牧野のペニスを速い動きで刺激してくる。きつく軸を扱かれて、先端部分をいじくられれば、もはや我慢できなくなって、牧野は快感を溢れさせた。

「や、あ、あ、ああ………っ」

無意識に関目にすがると、震える背筋に彼が腕を回してきた。引き寄せられて、キスされて、まだ快感に慄く身体は心までも蕩《とろ》けて震える。

（……関目さん。好き。すごく、好き）

差し入れられた舌をはむはむと食べていたら、背筋に添えた男の手が移動して、牧野の頭を幾度となく撫でてくる。

牧野が可愛いと教えるような彼の仕草にうっとりとしていれば、もう片方の悪い手が牧野の尻をいやらしく撫でてきた。

「ん……ん、ん……っ？」

クリームと牧野の出した精液とでべったりと濡れた手が、牧野の尻のあわいへともぐりこむ。普段は空気の当たらないその場所が指でひらかれるようにされ、牧野はびくっと身体をすくめた。

「……嫌か？」

「やじゃ、ないですけど……あ、う……どして……っ？」

そんなところをさわるのか。目で問うと、関目が少し困ったような表情になる。

「ここに俺のを入れてえんだ」

(俺のって……もしかして、あれのこと?)

さすがに驚いて目を瞠ったら、ばつが悪そうに関目があさってのほうを見る。

「ぜんぶってのは、そういうことだ」

だから、えげつねえんだと言っただろ。ぼそっとこぼした男の声には、どこかあきらめも感じられる。

「無理だよな?」

無理と牧野は言わなかった。それよりも、もっと気になることがあるのだ。

「ど……して?」

「ん?」

「関目さんは、どうしてそんなこと知ってるんです? ほかのひとにもそれをしたから……?」

聞いたら、関目が視線をあげて、遠くを眺めるまなざしになる。

「言わなきゃ駄目か?」

牧野の沈黙は肯定の意思表示で、関目はまいったとぼやいてから告げてくる。

「女でも、そういうのを好きなやつがいるんだよ」

それから牧野の顔を見て、急いでつぎの言葉を繋いだ。

「工専時代に荒れてたときのことだから。いまはもうそんなのは絶対しねえ」

「もう、しない……？」

「俺はもう牧野以外は欲しくねえんだ。ほかのやつとは絶対にセックスしねえ」

（セックス、って……）

牧野が目を見ひらいたまま、しばらくは無言でいると、関目が「怒ってんのか？」と聞いてきた。

「それとも、びびったか？　さすがにそんなことまでするのは嫌だよな？」

「あの……関目さん？」

「んだよ。嫌なら嫌ではっきり言えよ」

「じゃ、なくて……おれは関目さんとセックスができるんですか？」

男同士でもそんなかたちでセックスができるのか？　聞いたら関目がぶっと噴いた。

「牧野。おまえ……」

「だったら、してみたい。関目さんのを入れてください」

いまは動揺を表わしている黒い眸を見つめて願えば、彼はちょっと顎を引き、それから大きく息を吐いた。

「このイキモノはまじで兇悪……」

肩を下げてつぶやくと、関目は牧野の額に額をつけてきた。

「本気にするぞ。途中で嫌と言ったってやめねえからな」

「言いませんし、やめられるのはおれも嫌です」

真顔で返せば、関目がなんだか微妙な感じに目を眇めてこちらを眺める。どうしてよいやらといったふうな表情に、牧野は不安をかき立てられた。

「嫌ですか?」

おずおずと訊ねたら、関目が苦笑ともなんともつかない笑顔を見せた。

「……俺の台詞を取るんじゃねえよ」

そうして唇に触れてきた男の息吹は驚くくらいに熱っぽくて、重ねられた唇の感触も、その激しい舌使いも、牧野をどこまでも夢中にさせてしまったのだ。


「や、あ、ああ……っ」

下着を取り去られ、めいっぱいひらかされた脚のあいだで男の頭が動いている。黒いそれが動くたびに、恥ずかしい水音がそこから立って、牧野の心を乱れさせる。

「関目さ……それ、い……そこ、も……いい……っ」

「いいつったって、まだ充分ほぐれてねえよ」

関目が牧野の軸から唇を離して告げる。話すとそれに吐息がかかって、牧野はなおさら身悶えた。

「や……も、洩れそう、で……」

関目は牧野の性器を刺激しながらも奥の部分に指を入れ、そこを広げる行為を熱心につづけている。

彼の動作を助けているのは、さらに足されたクリームと、牧野の軸から溢れて伝う滴とで、それらをせっせとやわらかな粘膜に塗りつけているのだった。

「も、いっ、ですぅっ……もっ出そうっ」

達っては駄目だと言われているから、一生懸命我慢をしている。けれども、刺激が強すぎて、辛抱するのがつらいのだ。

「これっくらいで音をあげんなら、ひとを兇悪に煽んじゃねえよ」

「だっ、だって。関目さん、が……」

「俺がなんだよ」

「さわってくれて……んっ……気持ち、よすぎ……で」

関目がすごく時間をかけてそこを慎重にほぐしつづけてくれたから、痛みはほとんど感じない。そして、その分だけ快感が苦しいくらいに強くなる。出したら牧野の体力が持たないからと言われたことはわかるのだけど、気持ちのよさが全身に沁み渡り、関目が欲しくてしかたがなかった。

「関目さん……っ……入れ、入れて……っ」

ねだると同時に牧野のあそこがきゅっと締まって、男の指をしっかりと咥《くわ》えこむ。

「こら。締めんなよ」

「で、でも……あ、う……っ」

「息吸って……ほら、吐いて……そうそう、そうやって力を抜いて……もう一本入れるからな」

「やだっ……も、欲しいですっ」

半べそでねだったのに、関目は牧野の軸の根元をしっかりと指で締めつけ、達かせないようにしたあとで指をさらに増やしてきた。

「う。あぅ……あっ」

「痛くねえか?」

「ないっ……ない、からっ……関目さんの、そこにください……っ」

いやらしいことを言っている自覚はある。だけど、焦らされて、身体が疼《うず》いてしかたがないのだ。

「関目さんの、あれ欲しい……っ……さっき、おれが擦ってたの……あのおっきいのを奥まで入れて……っ」

腰を揺すって頼んだら、関目がごくっと喉を鳴らした。

「わかっちゃねえのに、すげえこと言ってくるなぁ」

それとも、だからか……？　と関目がぼやいているけれど、そんな言葉はもはや牧野に理解できない。ただただ本能的な欲に駆られて、思いつくまま口にした。

「ねっ、ねぇ、欲しいっ……あれ、入れて……っ」

「わかったよ。だったら、うつ伏せで腰あげろ」

根負けしたように関目は言って、牧野の姿勢を変えさせる。

「ん……ん……っ」

「いいか、力を抜いてろよ」

言われたとおりにしていると、男の硬い感触がその部分に当てられる。

（あ、つっ）

思った直後、もっと強烈な感覚が牧野を襲った。

「…………――っ！」

押し入ってくる灼熱の塊が牧野から言葉を奪う。両目と口をひらいた牧野は背中を反らせてその苦しさに耐えようとした。

（あ……ひら、く……なか、いっぱいに……）

牧野の窄まりを巨大な男の欲望がこじ開けていく。牧野が初めて体験する男のそれは兇暴なほど硬くて熱い。やわらかな粘膜を押しひらき、ぐいぐいと内部に入りこんでくる猛々しい感覚に、牧野は呼吸を止めてしまった。

「息しろ、ほら。深呼吸。そうしねえと、余計つらいぞ」

「う……うーっ、う」

言われたように深呼吸はできないけれど、どうにか声は絞り出せた。すると、さっきよりほんの少しは楽になる。

「……ちょっと萎《な》えたか？　いじってやるから、こっちのほうに集中しとけ」

牧野はまだ目の前がちかちかしている。脚のあいだにあるものが猛烈にその存在を主張していて、ちょっとでも動いたら身体が裂けてしまいそうだ。

（あ、あれが……あそこ……詰まってて……っ）

初めての経験がこんなにすごいものだとは思わなかった。小刻みに震える身体をいたわるように関目が背中を撫でてきて、それにいくらか癒される。

「まだ動かずにいるからな。前のほうだけ感じてろ」

告げて、関目が軸を握るほうの手をゆっくり大きく動かした。リズムをつけて扱いたあとで先端部分を指先でいじり回し、孔のところを爪の先で刺激する。

（あ、あ……やっ……そんな、したらっ……）

強烈な体感にいくらかうなだれていた牧野のペニスが、男の指で巧みに擦り立てられて、ふたたび硬くなっていく。

「や、やぁ……っ……せき、関目、さん……っ……」

身体中がどうしようもないほどに熱かった。喉からせわしなく吐き出されてくる自分の息も。男の上体が覆っている背中の部分も。いやらしく擦られて反り返る牧野の性器も。男の欲望を呑みこんでしきりにひくつくあの箇所も。

「ん……あ……あ……っ」

大きな手にいじられながら、首のちょうど真後ろにキスされる。ちゅっと吸いつき、歯を当てたあと、男の唇はそこからキスをくり返しつつ背中のほうに下りていく。

ついばむというより強く、連なっている背骨のパーツのひとつひとつを唇で確かめているような熱心な口づけが牧野の情感を煽ってくる。そのうえ、関目は軸を擦るそちらとはべつの手で胸の尖りに触れてきた。

「あんっ……や、や……っ、んんっ……」

「どうだ、気持ちがいいだろう?」

耳たぶを舐めながらの男の声が牧野の肩を震わせる。そのあいだにも乳首をいじられ、性器を扱かれ、男の欲望をめいっぱいに呑みこんでいるあそこが勝手にきゅうっと締まる。

「牧野の耳がぴくぴくすると、あっちも同時に締まるのな。ここととあそこが繋がってんのか?」

からかうような口調ではなく、関目が耳孔に低い響きを吹きこんでくる。動物みたいに背後から男を受け入れた姿勢のままで、牧野は顔を赤らめた。

「そんな、ことな……っ」

「だって、ほら」

男の口に耳をぱくりと咥えられ、牧野はびくんと背中を反らした。

「や、やっ……んんっ！」

「な？　こっちもあっちも感じてるだろ？」

耳をまるで食べるみたいにくちゃくちゃとしゃぶりながら問いかけてこないでほしい。ぶるっと背筋が震えたあとで、前と後ろが反応してしまうから。

「耳も首筋も真っ赤になってる。牧野は色が白いから、その分だけ目立つよな」

言いながら、関目が上体を伸ばしてきて、牧野の頬にキスをする。ここも赤いと笑みを含んだ声を洩らして、

「あとは、ここと……ここが赤いな」

「あ！　んっんっ、あぅ……っ」

乳首を摘まれ、先から滴を滲ませている軸をかるく扱かれる。恥ずかしいのに腰が勝手に揺れてしまって、それも関目を面白がらせているようだった。

「白くて、赤くて、やわらかくて、すべすべで。牧野はぜんぶ美味そうだよな」

これは褒められたと思っていいのか。だけど素直に喜ぶにはあまりにもいやらしい台詞なので、牧野はさらに真っ赤になってうつむくしかない。

(関目さんには……余裕があるんだ……)

前にいっぱいそんな経験をしてきたからだ。なにもかもが初めてで、どうしていいかわからない自分など、彼は物足りなくないだろうか?

ふっとそんな不安が湧けば、頼りなく揺れる響きがこぼれ落ちる。

「ん……つまらなく、あ、ん……ない、ですか……?」

「なにが?　牧野が?」

こくんとうなずくと、背後の男の動きが止まった。

「もしもそうならいいんだけどなぁ」

妙に実感のこめられたつぶやきに、牧野は首だけをひねって後ろに視線をやった。

「そうやって、見てみたらわかんだろ。俺がどんだけひどいことをしそうなのを必死に我慢してんのか」

言われる前から牧野は息を呑んでいた。男の眸はぎらぎらと光っていて、顔は笑いの気配もないのに口の端だけがあがっていた。なにかひとつ間違えば、残忍な仕打ちさえしかねない、そんな烈《はげ》しさを孕んでいる男の様子に、牧野は頬を強張らせた。

「な?　やばいだろ?」

眸の光は強いまま、乱れた髪を撫でてくる男の仕草はやさしくて、牧野に対する愛しさに満ちている。

（関目さん……っ）

脳とあそこが同時に痺れる。どうにかしたくて、関目にどうにかされたくて、牧野は自分から尻を揺すった。

「お願っ……動いて、くださ……」

関目に食べてもらいたい。頭の上から足の先まで。ぜんぶ骨ごと呑みこまれたい。そうしたら、牧野は関目に溶かされて、彼のなかでひとつになるから。

「んじゃ、ゆっくりな」

その気持ちが伝わったのか、関目が腰を動かしはじめる。

「苦しくねえか？」

「い、い……っ……」

牧野のなかが関目でいっぱいになっている。どこもかしこも、男の声と、匂いと、感触とで塗りこめられる。身体の快感もそうだけれど、それがなによりも牧野の心を満たしていく。

「気持ち、い……っ、からっ……関目さ、もっ……」

好きなようにしてほしい。自分への遠慮なんかいらないと、快楽に蕩ける身体で精いっぱい男を誘う。

「お願、い……せ、関目、さっ、の……」

男のほうに尻を突き出し、もっと奥に来てもいいと、後ろに片手を伸ばしていって触れた腰を自分のほうに引き寄せる。

「おれの、ここで……擦って、出して……っ」

自分のここで気持ちよくなってくれれば満足だから。少しくらい苦しくたってかまわない。そんな気持ちを乱れる吐息の下から伝える。関目は最初ためらうようにしていたけれど、やわらかな牧野の身体がどこまでも男の律動を受け入れていくにつれ、しだいにピッチをあげてきた。

「くそ。なんだこれ……おまえの身体、美味すぎだろうっ」

途中から自制が吹っ飛んでしまったのか、抉《えぐ》りこむような男の動作はケモノじみていたけれど、それが牧野はうれしかった。

「あぅ……ひっ、や……も、もっ……とっ……」

めちゃくちゃに揺すぶられて、牧野の視界が激しくぶれる。こぼれる喘ぎも途切れ途切れで、あやうく舌を噛みそうになるくらい濡れてほころんだ柔襞《やわひだ》を硬いもので擦られる。

(おれを、食べて……ぜんぶ……ぜんぶ……)

首の付け根を男に摑まれ、猛烈な勢いで牧野のそこを貪《むさぼ》られる。肉襞のひとつひとつを残らず喰い取っていくような、それは獰猛《どうもう》な欲望だった。

「ひぃ……あ……あっ……んん、は……っ……う」

あまりの強さが痛みとすれすれの感覚をあたえてくる。けれども、つぎつぎと牧野の肉を喰いちぎり、腹に収めていくような男の動作に快感をおぼえているのも本当だった。

（……大好き……好き……っ……）

もう脳裏にはそんな言葉くらいしか浮かんでこない。手加減なしに求められ、喘ぐ声さえかすれがちに、牧野は男に自分のすべてを奪い取られ、愛するひととひとつになる快感を味わっている。

（あ……達く……達く、も……っ……！）

関目さんと叫んだ気がするのだけれど、それもよくわからない。関目が軸をひときわ強く擦ったときに、そこから熱いものが噴き出す。びくびくと身体を震わせて精を放つと、背後の男が短く唸って、牧野の腰をぐっと摑んだ。

「う……あ、あ……っ……」

奥の奥まで男のそれが入りこむ。ぶつかるようないきおいで繋がっている互いのそこが密着し、直後に牧野の最奥で熱いなにかが弾け散った。

「あ、あ、ア――……ッ」

ほとばしる男の熱が身体の内側を濡らしていく。自分のなかで脈打つそれの感覚も生々しくて、牧野の口から悲鳴のような叫びが洩れた。

「牧野……っ」

絞り出すような声音を洩らし、関目がぶるっと背筋を震わす。

それから牧野の身体を引き寄せ、背後からかかえこむようにしていたあとで、ゆっくり腕の力をゆるめた。

「んっ……あ……」

男の動作で自分のなかからずるりとそれが抜けていく感触に、牧野は一瞬頬を歪め、そのあと大きく息をつく。

「平気か、牧野？　痛くないか？」

「……平気、です」

あちこち軋んでいるけれど、どこかが特別痛いとか、傷ついている感じではない。それよりも、額を撫でてくる手のひらの感触が気持ちよかった。

脚を縮めて、ころんと姿勢を横に変えると、関目も隣に寝そべって牧野に腕枕をしてくれる。

「……俺はあきらかに牧野に無理させたよな。だけど、工場を休めったって、平気ですって言うんだろうなぁ」

ややあって、牧野に腕を貸したまま関目がぼそりとつぶやいた。

「おれは大丈夫。無理なんかしていないです。関目さんが、あの……」

時間をかけて、いっぱいほぐしてくれていたから。

それを言うのは気恥ずかしくて、言葉なかばに顔を伏せたら、彼が両腕を回してきてそのなかに閉じこめた。

(関目さん、どきどきしてる……)

鼓動の速さは行為の名残《なごり》のせいなのか、それとも自分とおなじように好きな相手が自分の傍にいるからだろうか?

「こんだけ近くにいるからな。俺もたいがい他愛ねえよな」

こちらの考えを読んだみたいに関目が応じる。

牧野のことを意識して気持ちを揺らす、そうした男の反応がうれしくてたまらない。思わず、もっと触れ合いたくなり、さらに身体を擦り寄せれば関目が困った顔をした。

「こら、牧野。そんなにもくっつくな」

(駄目ってどうして……あ。これ……)

理由を悟って、牧野は心臓を跳ねさせる。治まらない動悸をかかえてしばらくためらっていたのちに、おずおずと口をひらいた。

「あの……いいです、よ?」

肌を添わせた身体に感じる関目のそれは少しも衰えていなかった。まだ足りないのかとおぼつかない言葉で誘うと、彼がかすかに苦笑した。

「気にすんな。疲れたろ、寝ちまえよ」

身体を拭いてやるからと起こした男の半身に、牧野はとっさにすがりついた。

「まだ……顔を見て、関目さんとしていません」

「んだって、おまえ。初めてで二度は無理だろ」

「おれは平気、無理じゃないです。だって、おれも……」

関目に抱きついているうちに牧野もふたたび股間が兆しはじめていた。どうしてこんなにと思うけれど、このひとと触れ合っていたかった。

「……駄目ですか？」

関目を見あげて訊ねたら、彼が「うう」と低く呻いた。

「もうお手上げだ。牧野にはかなわねえよ」

痛そうだったらすぐにやめるぞと前置きされて、牧野は仰向けに体勢を変えられる。そうして正面から覆いかぶさる男の手で脚をひらかれ、まだ濡れているその箇所にまたも硬くて大きいものが入りこむ。

「んぅ……ん、は……っ……くぅっ……ん」

きついけれど、最初のときよりずっとましだ。それに、なにより汗まみれで眉根を寄せた男の顔を見られることがうれしくて、牧野はその頬に指を添わせた。

（好き……好き……）

まなざしだけで訴えると、関目は息が止まるくらいに激しく身体を抱き締めてくる。

「可愛い、牧野。たまんねえ」

うわ言みたいな男の声は、意識してというよりも心のなかからこぼれ出してきたようだった。

嘘偽りなく、関目は牧野を欲しがっている。自分が好きでたまらないこのひとも、おなじように思ってくれる。

「関目、さ……っ……んぅ、あ……っ」

せつないくらいの情感が胸に迫って、牧野は無意識に腰を揺らした。

「ん……あ……ここ、いっ？　……ちょっと、でも……関目さ、を……よく、してる？」

「おまえなあ、そんなこと――」

途切れてしまった言葉の代わりに、関目のそこがおのれを主張してますます膨らみ、濡れてやわらかな牧野の内部は長大な男のそれを悦んで締めつけた。

交わっているあそこも、内腿も、手も、脚も、ぜんぶが関目の一部になって、溶けて崩れてしまいそうだ。

とろとろに蕩けて、結びつけられて、そしてもう離れない。ぜんぶを与えて、ぜんぶを受け取る。それがこんなに気持ちがいいとは知らなかった。

「あ……あ……せき……んっ……す、好きっ……だい、すき……っ」

心のままに洩らしたら、やめろと関目がまなざしをきつくする。

「んなこと聞いたら、喰っても喰っても喰い足りなくなるだろうが！」

獰猛な唸り声もいまは少しも怖くない。関目のなかでひとつになるなら、牧野はただうれしいだけだ。

「い、い……っ……齧っ……て、い……っ……」

だから、牧野は自分の身体を丸ごと差し出す。これを関目が欲しがってくれるなら、いくらだって与えたい。

好きで、好きで、大好きだから。

そうして、牧野は男の身体にしがみつき、キスをしキスを返されて、頭からつま先までを残らず恋人に食べてもらった。

◇　◇

秋から冬へと変わろうとしている季節。牧野は今日も変わらずに備品室で過ごしている。

多少違ったことといえば、調達課の一員として会議に出るようになったことだ。

調達業務に関してはまだまだ知識不足だけれど、いろんなひとに教えてもらい、自分もまた勉強をして、少しずつでも役に立っていければいいと牧野は思う。

あれから部長の大谷は新しく発足した職場ハラスメント委員会にかけられたらしいのだが、それも周囲での噂の域を出ないまま突然の辞令が下りて、関西支店の次長になった。つぎに転勤してきた部長は穏やかな人柄らしいが、差し当たり備品室勤めの牧野には直接に関係がない。

千林には相変わらず仲良くしてもらっているし、屋上菜園のメンバーともおなじくだ。関目はいまも牧野の部屋にいるけれど、来年早々には会社の借り上げ社宅ではなく一緒に住むための部屋に引っ越す予定だった。

もっとずっと先のことは予想もつかないのだけれど、牧野はそのときも関目とともに生きていきたいと願っている。

明かりを抑えた備品室で、新しい部品の小箱を棚に収めて——そのとき、牧野の耳が無意識にぴくっと動いた。

(関目さん……)

午後四時半に聞こえたそれは夜勤の関目が扱っている工具の音だ。

力強く、ものをつくる喜びに溢れた響き。

組立工場の片隅でいちばん好きなその音を聞きながら、牧野はふんわりと微笑んだ。

あとがき

こんにちは。はじめまして。今城けいです。このたびは拙作をお読みくださりありがとうございました。

今回は製造工場ではたらくひとたちの話です。製造系のあれこれは、あまり馴染みがないかとも思いますが（ふーん。こんな仕事もあるんだ）くらいで、楽しんでくだされぱさいわいです。

また十五歳からこの工場ではたらく牧野は富山県出身で、本編中には若干ですが、そちらの言葉が出てきます。富山も、その言葉も大好きで、可能な限りリサーチしたつもりですが、違和感があった場合は大目に見てやってくださいませ。

それとこちらはカバーイラストでおわかりでしょうが、このたびは黒ヒョウと白ウサギのカップリング。彼らは喰うほうと喰われるほうの関係ですが……さて、実際はどうでしょうか。わたしとしては、表紙の下部にあるヒョウウサが彼らの関係を物語っているように思うのですが。

そして、このように内容ぴったりのイラストをお描きくださいました、梨とりこ様。

彼らの造形には本当に感激しました。白ウサギの可愛さには関目ならずともやられます。「これさわりたい、撫でたい！」と部屋をごろごろ転がってしまいました。「なあ、牧野。こうしてくっついてりゃ安心だし、あったかいだろ。背中から落ちないようにしっかりつかまっているんだぞ」↑ちょっと心配げな黒ヒョウ。「こうですか、関目さん」↑ぎゅっとしがみつく白ウサギ。そのうえ作業服にケモミミ。これはもう最強のタッグです。拙作に素敵可愛いイラストをありがとうございました。心よりお礼申し上げます。

それから担当様。さまざまにご尽力くださりありがとうございます。いつもながらのお仕事ぶり、すごいなあと思いつつ感謝の気持ちでいっぱいです。お手数をおかけして恐縮ですが、次回もまたよろしくお願いいたします。

今度のような仕事ものは自分が勤め人なので、書いていてとても楽です。ただ、この話では仕事ばかりではなくて、ラブ度もあげてみましたが、いかがでしょうか？　楽しんでくださったなら、なによりうれしいことですが。

それでは、また。最後までおつきあいくださりありがとうございました。

今城けい

今城けい先生、梨とりこ先生へのお便り、
本作品に関するご意見、ご感想などは
〒101-8405
東京都千代田区三崎町2-18-11
二見書房　シャレード文庫
「草食むイキモノ 肉喰うケモノ」係まで。

本作品は書き下ろしです

CHARADE BUNKO

草《くさ》食《は》むイキモノ 肉《にく》喰《く》うケモノ

【著者】今城《いまじょう》けい

【発行所】株式会社二見書房
東京都千代田区三崎町2-18-11
電話　03（3515）2311［営業］
　　　03（3515）2314［編集］
振替　00170-4-2639
【印刷】株式会社堀内印刷所
【製本】ナショナル製本協同組合

落丁・乱丁本はお取り替えいたします。
定価は、カバーに表示してあります。

ISBN978-4-576-12140-6

http://charade.futami.co.jp/

CHARADE BUNKO

スタイリッシュ&スウィートな男たちの恋満載

今城けいの本

瀬戸さんは、最後まで俺を抱く気になれませんか？

リアルリーマンライフ

イラスト＝金 ひかる

精密機械製造会社開発部勤務の瀬戸は、営業部のホープ・益原と得意先のクレーム処理に当たることに。社交的でそつのない営業手腕を持つ益原に、根っから理系人間の瀬戸は苦手意識を感じる。ところが瀬戸が唯一の恋人といえる存在だった充輝と再会し、再び交際を迫られていると知った益原は意外な行動に!?

新人小説賞原稿募集

400字詰原稿用紙換算
180～200枚

募集作品 シャレードでは男の子同士、男性同士の恋愛をテーマにした読み切り作品を募集しています。優秀作は電子書店パピレスのＢＬ無料人気投票で電子配信し、人気作品は有料配信へと切り換え、書籍化いたします。

締　　切 毎月月末

審査結果発表 応募者全員に寸評を送付

応募規定 ＊400字程度のあらすじと下記規定事項を記入した応募用紙（原稿の一枚目にクリップなどでとめる）を添付してください ＊書式は縦書きで1ページあたり20字×20行か20字×40行 ＊原稿にはノンブルを打ってください ＊受付の都合上、一作品につき一つの封筒でご応募ください（原稿の返却はいたしませんのであらかじめコピーを取っておいてください）

規定事項 ＊本名（ふりがな）＊ペンネーム（ふりがな）＊年齢 ＊タイトル ＊400字詰換算の枚数 ＊住所（県名より記入）＊確実につながる電話番号、FAXの有無 ＊電子メールアドレス ＊本賞投稿回数(何回目か) ＊他誌投稿歴の有無（ある場合は誌名と成績） ＊商業誌経験（ある方のみ・誌名等）

受付できない作品 ＊編集が依頼した場合を除く手直し原稿 ＊規定外のページ数 ＊未完作品（シリーズもの等）＊他誌との二重投稿作品・商業誌で発表済みのもの

応募・お問い合わせはこちらまで

〒101-8405 東京都千代田区三崎町2-18-11
二見書房シャレード編集部 新人小説賞係
TEL 03-3515-2314

＊ くわしくはシャレードHPにて http://charade.futami.co.jp ＊